차원통제사

차원 통제사

1판 1쇄 찍음 2018년 1월 5일
1판 1쇄 펴냄 2018년 1월 12일

지은이 | 미르영
펴낸이 | 정　필
펴낸곳 | 도서출판 뿔미디어

편집장 | 김대식
기획 · 편집 | 김유미

출판등록 | 2002년 9월 11일 (제1081-1-132호)
주소 | 경기도 부천시 원미구 소향로 17번길(두성프라자) 303호 (우) 14544
전화 | 032)651-6513 / 팩스 032)651-6094
E-mail | bbulmedia@hanmail.net
비북스 | http://www.b-books.co.kr

값 8,000원

ISBN 979-11-315-8548-1 04810
ISBN 979-11-315-8457-6 04810 (세트)

차원 통제사

미르영 현대 판타지 장편소설

신종대차원 !

BBULMEDIA FANTASY STORY

3

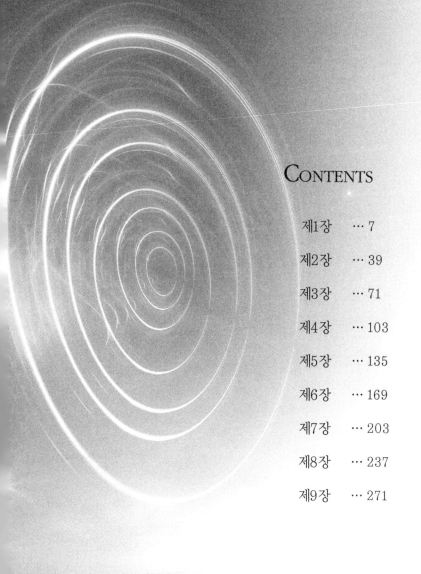

CONTENTS

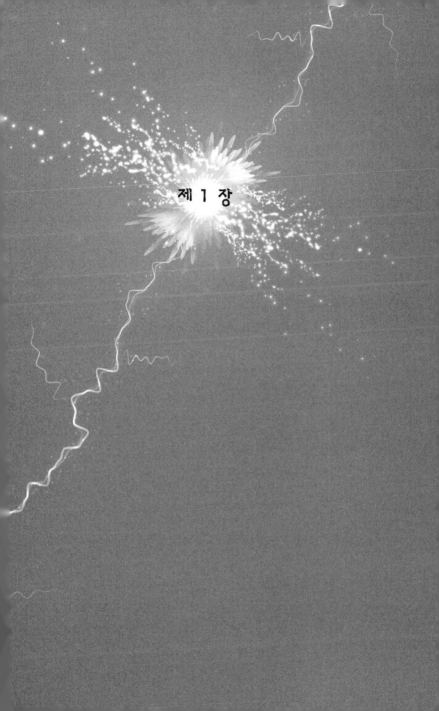

제 1 장

마법 재료!

통칭 마도물질이라 칭해지는 것들 중에 지구상에 존재하는 것은 그다지 많지 않다.

정확히 언급하자면 가장 중요한 마도물질들이 없다는 것이 맞는 표현일 것이다.

마나석이나 마정석, 그리고 정령석 같은 종류의 에너지 스톤들은 대변혁 이후에 지구에서도 종종 발견이 되고 있기는 하지만 아주 극소량이다.

그에 반해 진은이라 불리는 미스릴이나, 마계 금속이라는 아다만티움, 그리고 신성 금속이라 불리는 오르하르콘 같은 것들은 눈을 씻고 찾아봐도 지구상에는 존재하지 않는다는 것이 정설이다.

티엔샤 바이오의 잔해들 속에는 지구에서 전혀 찾아볼 수 없는 이런 물질들이 가득하다.

가득하다고 해서 100퍼센트라는 것은 아니다.

'수치로 따지면 대략 0.1퍼센트 정도에 불과하지만 빌딩이었던 구조물 부피나 중량으로 따져 봤을 때 정말이지 말도 안 되는 양이라고 할 수 있지.'

1톤의 잔해라면 1킬로그램 정도가 이런 마도물질로 이루어져 있다는 것이니 말이다.

'다른 차원에서조차 구하기 힘든 것들을 어떻게 구할 수 있었는지 정말 의문이 아닐 수 없군.'

차원 교류가 시작되었다고는 하지만 교류되는 물동량이 많은 것이 아니다.

사람들의 교류가 대부분이고, 물동량은 한해 지구 전체적으로 합쳐 봐도 100만 톤이 채 넘지 않는다.

그것도 대부분 구할 수 없는 특이한 식재료들이고, 마도구들이나 마도물질은 엄격한 반입 제한에 의해 지구로 넘어 오는 것은 채 10톤이 되지를 않는다.

그런데 그런 마도물질들을 0.1퍼센트나 섞어 거대한 빌딩을 건축했다는 것은 정말 말이 되지를 않는 소리다.

'혹시, 중국에서 지구대차원과는 다른 대차원을 연결하는 거대 게이트를 연 것이 아닐까?'

이런 물동량을 감안해 볼 때 어쩌면 중국에서 지구대차원과 연결이 되지 않은 또 다른 대차원과 통하는 게이트를 열었을지도 모른다는 생각이 들었다.

티엔샤 바이오 빌딩에 들어간 마도물질의 양이나 규제되고 있는 물동량을 생각하면 그것이 합당한 추론이었다.

그렇지 않으면 말이 되지 않는 양이니 말이다.

'오래 전부터 차원 위기 대응 센터에 누군가를 심어 놨었다면 다른 대차원과 연결되는 게이트가 열리는 것을 감출 수 있었을지도 모른다. 하지만 센터장의 눈을 피하기는 어려웠을 텐데⋯⋯. 그분은 자신의 능력으로 게이트가 열리는 것을 파악할 수 있는 분이니까 말이다. 더군다나 중국 내에서 다른 대차원과 연결되는 거대 게이트가 열렸다고 한다면, 다른 국가에서도 모를 리가 없을 테고⋯⋯.'

이런 경우는 생각해 보지 않았으니 생각이 뒤죽박죽이다.

이런 물질들은 다른 차원에서도 구하기 힘든 것들이니 게이트를 열었다고 해도 이만한 양은 말이 되지를 않는다.

'어쩌면 내가 생각이 너무 앞서 나간 것일 수도 있겠군. 차근차근 살펴봐야 할 일이다.'

다른 대차원과 연결이 된다면 인식 차단 장치로도 막을 수 없는 엄청난 에너지 파장이 지구에 퍼지기에 숨긴다는 것은 불가능한 일이다.

더군다나 이로 인해 지구대차원에 속한 세상들을 연결하는 차원에 균열이 발생할 테니 센터를 비롯해 강대국의 감시 기구에서 알아차리지 못할 이유가 없다.

'어마어마한 양의 마도물질이 어떻게 반입이 되었는지 도무지 알 수 없고, 온통 의혹뿐이니 일단 벙커 문제부터 해결하고 보자. 그곳을 뒤지다가 혹시라도 단서를 찾을 수 있을지 모르니까.'

강하게 의심이 들기는 하지만 확신할 수 없었기에 아직까지 알아낸 것이 없기에 의문은 잠시 남겨두기로 했다.

당장 해결할 일들이 있으니 말이다.

'여전하군.'

잔해를 실어 나르는 도로는 밤에도 통제를 하고 있었다.

진입하는 도로에는 하나같이 검문소가 설치되어 있었고, 공안들을 비롯해 낮에는 한 명도 보이지 않던 진성능력자들까지 있었다.

취약 시간대에 집중해서 경비를 서는 것이 분명했다.

창업 공사 근처에 있는 빌딩 옆길에 차를 세우고는 골목길로 들어섰다.

'그럼 시작해 볼까?'

생각이 일자마자 전투 슈트가 전신을 덮었다.

곧바로 벽을 타고 옥상으로 올라가 빌딩을 건너뛰며 창업 공사로 이동을 했다.

'S급 진성능력자를 추적하며 정보를 수집해야 하니 그 정도 규모의 상황실이면 분명히 시도를 하고 있을 것이다.'

대한민국의 국가정보원이 운영하는 통신망은 중국과 러시아가 집중적으로 해킹을 시도하는 곳 중 하나다.

S급 진성능력자들을 추적하며 비밀 거점들을 찾아내고 있는 것을 보면 해킹을 하고 있을 가능성이 높았다.

놈들이 보내는 해킹 신호를 몰래 따라 들어가서 메시지를 남기면 들키지 않고서 국가정보원에 이런 상황을 알려줄 수 있을 것이다.

창업 공사 옥상을 건너뛰려다가 멈춰 섰다.

살펴보니 호장민을 만날 왔을 때와는 경계가 전혀 딴판이었기 때문이었다.

'그나저나 무식한 놈들이군.'

건물 전체에 알람 마법과 함께 압력 센서를 가동시켜 놓고 있었다.

더군다나 사각이 없도록 곳곳에 자동 탐지 머신 건을 배치해 놓고 있어서 누군가 접근하는 것을 아예 원천적으로 차단하고 있었다.

자칫 멋모르고 건너뛰었다가는 벌집이 될 뻔했다.

'뭐, 굳이 건물 옥상으로 가야 하는 것은 아니니까.'

신호를 잡기만 하는 되는 터라 그늘진 곳에 숨어들어 가부좌를 틀었다.

— 접속! 채널 확인!

스킨 패널을 열어 창업 공사를 기점으로 드나드는 전파 신호와 마법 신호들을 살폈다.

여러 개의 채널들을 확인하다가 국가정보원 통신망에 접근해 있는 신호 세 개를 확인할 수 있었다.

'역시, 있구나.'

국가정보원 서버의 통신 채널은 양자암호화 된 신호만 드나드는 터라 쉽게 뚫리지 않을 텐데도 채널을 세 개나 운용하며 해킹을 시도하고 있었다.

'뻘짓하고 있는 것이기는 하지만 나와는 상관이 없는 일이다. 나야 놈들의 보내는 신호와 섞여 들어가 메시지를 남기면 되니까.'

마도학을 이용한 양자암호화 채널에는 절대적인 몇 가지 규칙이 있고, 그것을 알지 못하는 한 놈들이 하는 짓은 헛짓거리다.

설령 해킹을 시도하는 것이 초월자라 해도 뚫지 못하게 설계되어 있으니 말이다.

'시작해 보자.'

— 채널 접속! 코드 분할 후 메시지 전송. 메시지 코드 알파. 중국 내 라인이 흐트러졌다. 반복. 메시지 코드 알파. 중국 내 라인이 흐트러졌다. 이상!

채널 세 개에 전부 접속해 보내고자 하는 메시지를 나누어 놈들의 신호에 붙여 보냈다.

그것만이 아니라 국가정보원이 정보를 신뢰할 수 있도록 메시지와 함께 내가 가지고 있는 특유의 인식 코드를 같이 심었다.

'식별 코드를 실었으니 내가 보낸 메시지는 믿어줄 테고, 이제 놈들의 관심을 돌리기만 하면 되나?'

지하의 상황실에서는 국가정보원의 중국 내 비밀 거점을 파악하는 일도 하고 있었지만, 다른 것도 하고 있었다.

그것은 놀랍게도 바로 티엔샤 바이오와 잔해를 적재하는 벙커를 관리하는 일이었다.

담당자를 다섯 명이나 배정한 것을 보면 무척이나 중요하게 여긴 다는 뜻이기에 해가 뜨기 전까지 깽판을 한 번 놔줄 필요가 있을 것 같다.

— 마나 엔진 가동!

곳곳이 통제되고 있어 차를 타고 갈 수는 없기에 전투 슈트의 마나 엔진을 가동시켰다.

팟!

세 개의 마나 엔진에서 에너지가 흘러들어 오기 시작했기에 곧바로 신형을 날렸다.

파파팟!

옥상에서 옥상으로 이동하는 속도는 무척이나 빨랐다.

한 번의 움직임에 대략 100미터 정도를 이동하며 잔해를 싣고 나르고 있는 트럭들을 따라갔다.

'이동하는 차량들의 수가 전보다 많아 졌다. 철거 작업을 서두르는 건가? 하긴, 지하 연구소가 궁금할 테니까 그렇기도 하겠지.'

트럭들의 수가 전보다 많았는데도 불구하고 설치된 마법진의 보안이 확실한 것으로 봐서는 잔해를 치우는 작업에 많은 인력이 동원된 것 같다.

'조금만 늦었어도 벙커에 침투하는 것이 어려워졌을 수도 있었구나.'

이런 식이면 지금까지 실어 나른 양으로 봤을 때 오늘 중으로 잔해를 치우는 작업이 끝날 것 같다.

티엔샤 바이오의 잔해가 전부 옮겨지면 강탈하려고 했는데, 놈들이 서두르는 바람에 지금 시도해도 될 것 같다.

벙커에 펼쳐진 경계나 마법진 때문에 아르고스로도 뚫을 수 없는 곳이라 잠입하기 어려운 점이 많은 곳이다.

벙커 안으로 잠입을 하려면 트럭을 따라 들어가야 하는데 자칫 늦을 뻔했다.

'오늘 중으로 철거 작업이 끝나게 되면 나로서는 더욱 좋은 일이지. 잔해들을 깡그리 털어먹을 수 있을 테니까. 이디, 실려 있는 것들이 어떤 형태인지 심안으로 한 번 확인을 해보자.'

— 채널 접속! 심안 개방!

잔해들을 확인하기 위해 심안으로 개방하고 살펴봤다.

창투에 있을 때보다도 더욱 선명하게 느껴져서 세세하게 분석하는 것이 가능했다.

'으음, 콘크리트는 제외하더라도 섞여 있는 것들 중에 귀하지 않은 것이 없는 것 같군.'

지구의 자원은 금과 백금, 그리고 각종 희귀 금속과 다이아몬드, 루비, 에메랄드 같은 보석류가 주류를 이뤘다.

그리고 다른 차원에서 온 것들은 아다만티움이나 미스릴, 오르하르콘 같은 희귀 금속이 다량으로 섞여 있었다.

그뿐만이 아니었다.

마나석, 마정석, 정력석 등 에너지 스톤들이 상당 부분 섞여 있었다.

그야말로 돈 덩어리라고 할 수 있었다.

'그것도 천문학적인 액수지. 구하기도 쉽지 않고.'

국제법으로 정해진 차원 교류법에 따라 규제가 심하기에 다른 차원의 마도 물질들을 쉽게 구할 수 없는 상황이다.

구하기 어려운 것들인 만큼 금전적인 가치는 상상을 불허할 정도다.

'후후후, 재미있겠군.'

국가정보원을 돕기 위해 이렇게 급히 나서기는 했지만 어차피 나에게도 필요한 것들이라는 생각에 저절로 웃음이 나왔다.

공짜로 엄청난 자원을 손에 쥘 수 있게 되었으니 말이다.

'저것들을 확보하게 되면 나에게 필요한 마도물질에 대한 수급 문제는 해결이 된다. 더군다나 벙커에 보관중인 잔해들이 갑자기 다 사라져 버린다면……'

틀림없이 당황할 것이고, 눈에 불을 켜고 범인을 찾으려 할 것이다.

놈들이 다른 대차원과 연결이 되는 게이트를 활성화하려는 것은 진성능력자를 만들기 위해서고, 티엔샤 바이오는 그 정점에 서 있는 곳이다.

지금도 그렇지만 잔해들이 전부 사라진다면 아주 오랜 기간 동안 진성능력자를 만드는 일은 중단될 것이다.

놈들로서는 아주 뼈아픈 손실이 될 테니 혈안이 돼서 찾으려 할 것이다.

'잔해를 찾기 위해 진성능력자들이 나서야 할 테니 놈들의 전력을 분산시키게 될 것이다. 후후후, 그리고 혼란은 틈을 만

들어 내기도 하지.'

내 메시지를 받은 국가정보원이 보유한 능력은 결코 만만치 가 않다.

특히나 그곳에 소속된 진성능력자들은 가히 최고라고 할 수 있는 능력을 지니고 있다.

지금까지 알려진 것만큼의 능력만 발휘한다고 하더라도 내가 만들어 낼 약간의 틈이면 지금의 상황을 충분히 반전시킬 수 있을 것이다.

더군다나 놈들이 게이트를 활성화하는데 차질을 빚게 만드는 것만으로도 센터에서 내가 맡고 있는 임무를 달성하는 것이나 마찬가지니 반드시 벙커 안에 있는 잔해들을 탈취해야 한다.

'이제부터 조심해야겠군.'

목적지인 벙커에 가까워졌다.

경계가 삼엄할뿐더러 곳곳에 CCTV나 강화된 탐지 장치가 가득하다.

더군다나 주변에 큰 건물들이 없어서 더 이상은 옥상으로 이동을 하지 못하기에 곧바로 지상으로 내려왔다.

— 인비지빌리티! 인식 차단 장치 가동!

전투 슈트의 마법적 은신 기능을 전부 활성화한 후에 휴대용 인식 차단 장치를 가동시키고 어둠에 몸을 맡긴 후 조심스럽게 움직였다.

'이 정도면 탐지 장치는 물론이고, 운바나는 자들도 내 존재를 알아차리지 못할 것이다.'

비록 등급이 낮기는 하지만 트럭을 몰고 있는 자들은 능력자들이다.

1차 각성밖에 하지 못한 나로서는 상대하기가 만만치 않은 자들이니 말이다.

몸을 숨기고 그렇게 뒤를 따르다가 진성능력자로 구성된 군인들이 지키고 있는 벙커 지역으로 들어가는 트럭들을 보면서 멈췄다.

'저길 넘어가는 것이 쉽지 않겠군.'

초고압 전류가 흐르는 삼중으로 된 철책에다가 곳곳에 알람 마법이 설치된 곳이라서 잠입하기 쉽지 않은 곳이었다.

우선 심안으로 철책과 벙커 입구까지 살폈다.

'철책에 설치된 경비 시스템이 센터에 설치된 것과 비슷한 것이로군. 해제해 버리면 곧바로 경보가 발생할 테니 일단 마법 동조부터 시작하자.'

철책에는 피할 수도 없고, 그렇다고 해제할 수도 없는 알람 마법이 함께 설치되어 있었다.

그렇다고 염려할 것은 아니다.

마법진에서 뿜어내는 에너지의 파장과 내가 발산하는 에너지 파장을 일치시키기만 해도 알람 마법은 무용지물이나 다름없으니 말이다.

　결코 쉽지 않은 일이지만 마법 동조를 통해 마법진에 적용된 회로에서 발생하는 에너지와 나에게서 발생하는 에너지를 일치시켜야 한다.

　─ 에너지 파장 확인! 동조!!

　천천히 호흡을 고르자 스킨 패널이 철책에 설치된 마법진과 내 에너지의 파장을 일치시키기 시작했다.

　얼마 지나지 않아 동조를 마칠 수 있었다.

　'다행이 동조가 시작됐군. 하지만 그리 오랜 시간 유지할 수는 없을 테니……'

　에너지 파장이 동조가 유지되는 시간은 기껏해야 1분이 넘지 않을 것이다.

　삼중으로 설치된 철책의 너비는 대략 15미터로, 5미터마다 설치되어 있다.

　알람 마법의 범위는 앞뒤로 10미터까지이니 대략 25미터 거리를 단번에 건너뛰어야 한다.

　타타타타탁!

　팟!

　곧바로 전속력을 뛰기 시작했고 땅을 박차고 뛰어 올랐다.

　─ 부스터!!

　전투 슈트의 출력을 높이며 낸 부스터 기능을 실행한 후에 공기를 딛고 앞으로 나아갔다.

탁!

타―타타타탓!

사사사삭!

포물선을 그리며 50여 미터나 날아가 철책과 알람 마법을 건너뛴 후에 착지하자마자 벙커를 향해 달렸다.

'곳곳에 머신 건이로군.'

이동하는 경로에 침입자를 저지하기 위해 격자형으로 설치된 대형 머신 건들이 설치되어 있었다.

알람 마법이 발현되지 않으면 절대 작동하지 않는 것들이라 총구를 밖으로 향한 채 멀거니 서 있을 뿐이다.

'아직 늦지 않았군.'

벙커의 입구가 작은 둔덕 형태로 되어 있는 곳에 트럭들이 서 있는 것이 보인다.

지하로 들어가기 위해서 기다리고 있는 것이다.

파파파파파팍!!

'따라 붙을 수 있다.'

― 사일런스!

입구가 닫히면 들어가는데 애를 먹을 것 같아 트럭을 따라붙기 위해 전투 슈트에 장착된 마법 기능인 사일런스를 전재하고 최대한 속도를 냈다.

— 부유!

간신히 따라붙어 맨 뒤에 있는 트럭 밑으로 들어갔다.

트럭에 달라붙으면 곧바로 알려지기에 반중력 마법을 이용해 몸을 띄웠다.

'됐다.'

입구의 검문소에서 철저히 검색을 한 때문인지 입구에서는 운전자만 대충 확인하는 것을 봤다.

거대한 뒷바퀴 옆에서 몸을 띄운 터라 고개를 숙여 들여다보지 않는 한 들킬 염려는 없을 것이다.

삐잉! 삐잉!

드르르르륵!!

요란한 경보음과 함께 거대한 문이 좌우에서 열리기 시작한다.

세 대의 트럭들이 곧바로 입구를 지나쳤다.

부우우우웅!

10도 정도 되는 경사를 내려가는 트럭들이 내는 엔진 소리가 통로를 울려 댄다.

'으음, 나선형으로 되어 있었구나.'

심안으로 살펴보니 내려가면서 우측으로 조금씩 방향이 바뀌고 있었다.

지하에 500미터 아래에 콘크리트 구조물로 만들어져 있었는데, 내려가려면 한참이 걸릴 것 같다.

'확실히 일반적인 인식 차단 장치와는 다른 것 같다.'

아르고스로 확인했을 때 노이즈가 낀 것처럼 아무것도 보이지 않았다.

탐지기를 통해 확인할 수 있었던 것도 벙커의 입구까지뿐이었다.

안에 들어와서야 탐지가 될 정도로 이 안에 설치된 것은 단순한 인식 차단 장치가 아니라는 생각이 들었다.

'밑에 있는 구조물에 가까워지면 일단 트럭에서 이탈한 후에 기회를 보자. 어떤 방법으로 차단하는 지도 알아봐야 하니까.'

지금 트럭에 실린 것들은 물론이고, 나중에 다시 가져올 것들까지 가져가야 하니 숨어서 기다릴 필요가 있었다.

시간이 남으니 아르고스를 피한 방법을 찾아내야 할 것 같다.

10여 분을 내려간 후 거대한 구조물이 나타났다.

좌우로 여러 개의 거대한 문이 있었는데 그중에 하나의 문이 열려 있었고, 트럭들은 곧장 그곳으로 향했다.

스윽!

구조물 안에는 사람의 기척이 하나도 없어서 트럭이 입구에 다다랐을 때 몸을 빼내 옆으로 문과 문을 나누는 격벽의 그림자 속으로 몸을 숨겼다.

트럭 밑에서 빠져나오기 전에 문 안쪽을 확인하며 이상함을 느꼈다.

아르고스로 확인한 대로 컨테이너 반 정도의 박스들이 잔뜩 쌓여 있었는데 창고가 아직 반도 차지 않았다는 것이다.

지금 가져온 것들과 안에 쌓여 있는 것들을 합치면 티엔샤 바이오에서 나온 잔해의 대부분인데 말이다.

'그동안 옮긴 양을 보면 저 창고 안에 있는 것들이 전부인 것 같은데 다른 곳은 또 뭐지?'

벙커에 적용된 아르고스를 피한 방법이 각각의 창고에도 적용이 된 것이 분명했다.

심안으로도 안에 뭐가 있는 것인지 확인지 되지 않으니 말이다.

지하 구조물에 있는 문들은 모두 열 개다.

방금 전 잔해를 집어넣은 창고와 같은 곳이 아직 아홉 개나 존재하고 있다.

티엔샤 바이오의 잔해만큼이나 귀중한 것들인 것 같으니 안을 확인해 봐야겠다.

'뭔지 모르지만 저 안에 있는 것들도 중요한 것 같으니 전부 탈취하자.'

이런 곳에 보관될 정도면 놈들에게 타격을 줄 수 있을 것이기에 아예 전부 털어버리기로 마음을 정했다.

'어쩌면 아공간이 부족할지도 모르겠군.'

아리의 스승님이 남기신 아공간을 가지고 있지만 창고 하나하나가 축구장 10배 정도의 크기다.

구조물의 규모로 볼 때 아공간이 부족할지도 모르겠다는 생각이 들었다.

'그래도 다 때려 넣어 봐야지. 아공간이 부족하면 아예 못쓰게 만들어 버리는 거고.'

혹시나 몰라 몇 가지 준비를 했다.

이곳을 무너트릴 폭탄과 한동안 출입을 하지 못하도록 오염시킬 물질들을 가지고 왔으니 다 가져가지 못하면 그것들을 써야겠다.

실었던 박스들을 다 내렸는지 얼마 지나지 않아 트럭들이 창고에서 나왔다.

삐잉! 삐잉! 삐잉!

트럭들이 빠져나오고 난 후 경보음과 함께 거대한 문이 닫혔다.

'시작하자.'

트럭이 내려온 통로로 다시 올라가 모습이 보이지 않는 것과 동시에 움직이기 시작했다.

문을 열면 경보음이 울리게 되어 있기도 하고, 여는 방법도 몰라서 창고에 들어갈 다른 방법을 찾았다.

거대한 구조물인 만큼 창고 안으로 들어갈 틈은 있었는데 바로 거대한 환기구였다.

'공기를 빨아들이는 입구에 마법진이 설치되어 있군. 문을 뜯기 전에 먼저 살펴보자.'

너무 노골적으로 보였던 터라 혹시나 몰라 심안으로 안쪽을 살폈다.

사람만 한 높이의 환기구 안에는 몇 가지 장애물들과 센서들이 있었지만 진성능력자라면 잠입을 시도해 볼 만했다.

'안으로 들어서는 순간 무조건 죽는다.'

장애물과 센서들은 정상적으로 작동하는 것이지만 진짜가 아니었다.

환기구 벽 속에 장치되어 있는 것들이 침입자를 막기 위한 진짜 방어 장치였다.

'으음, 이렇게 보이도록 함정을 만들었다면 저 안으로 들어가는 다른 방법이 있을 거다.'

짐을 옮기는 것이라면 거대한 문을 여는 것이 맞을 테지만 사람만 드나든다면 너무 크기에 다른 방법이 있을 것 같다는 생각이 들었다.

'혹시?'

들어가는 방법을 생각하다가 티엔샤 바이오에 잠입했을 때 보았던 공간 이동 마법진이 생각이 났다.

티티티티티틱!

허공에서 통로를 비추던 불들이 일제히 꺼지기 시작했다.

'잘됐군.'

조심스럽게 문으로 접근해 스킬 패널을 가동했다.

— 탐색!

숨어 있는 마법진이 보였다.

'같은 구조의 마법진이다. 거기다가 인식 차단 장치의 회로도 겹쳐 잇는 것을 보면 복합마법진이군.'

규모는 훨씬 작지만 티엔샤 바이오에서 해제했던 공간이동 마법진보다 훨씬 고난위의 구조를 가진 것이었다.

'아르고스를 피한 것도 이 마법진 때문이로군. 일단 들어가 보자.'

이미 한 번 뚫고 들어가 본적이 있기에 마법진 위로 손을 얹었다.

팟!

스킨 패널이 뚫고 들어가 마법진을 잠식하자 곧바로 이동할 수 있었다.

창고 안에는 티엔샤 바이오의 잔해를 넣었던 박스 같은 것들이 양옆으로 빼곡하게 쌓여 있었다.

'일단 열지 말고 안만 살펴보자.'

박스를 여는 것으로 신호를 발생시킬 수 있기에 조심스럽게 손을 댔다.

― 탐색!

박스의 안에는 겉 표면이 코팅된 벽돌 크기의 금속 괴들이 쌓여 있었다.

'특별한 장치는 설치되어 있지 않은 것 같으니 일단 열어보자.'

알람 마법이라든가 개봉을 하게 되면 곧바로 신호가 가도록 되어 있는 장치 같은 것은 설치되어 있지 않는 것이 확인되었기에 뚜껑을 열었다.

상자 뚜껑에 붙어 있는 중국어로 된 설명서를 보고 무엇인지 확인할 수 있었다.

'으음, 전부 란타넘 계열의 금속을 활용한 마도합금이군. 어디!'

곧바로 다른 것들을 확인하기 시작했다.

박스를 확인해 보니 란타넘 계열의 15개 원소와 스칸듐과 이트륨 등 희토류들과 아다만티움, 미스릴, 오르하르콘 등과 합금한 마도금속들이었다.

'전 세계 희토류 생산량의 97%를 차지하는 국가가 중국이라고 하더니…….'

희토류가 마법진과 아이템 등을 만드는데 활용되면서 생산량의 대부분을 해외에 팔던 중국은 수출을 중단했다.

산업이나 마법 관련 분야에서 필요한 물량을 빼놓고 마도합금으로 만든 후 여기 다 쌓아 놓은 모양이다.

'하지만 마법 금속은 브리턴에서도 구하기가 그리 쉽지 않다고 들었는데…….'

가격도 가격이지만 워낙 희귀한 것들이라 브리턴 차원에서도 구하기가 쉽지 않은 것이 마법 금속이다.

창고에 쌓여 있는 마도금속들을 보면 일부만 첨가했다고 해도 사용된 양이 어마어마했다.

'티엔샤 바이오의 잔해들도 그렇고, 정말 어떻게 구했는지 궁금하군. 기회가 되면 알아보도록 하고, 일단 여기에 잇는 것들을 챙기자.'

일반적인 희토류라면 해저에서도 채취할 수 있지만 마법 금속들은 금보다 몇 십 배나 구하기 어려운 것이기에 아공간에 넣기로 했다.

— 스페이스! 공간 구성! 수납!

스킨 패널을 이용해 아공간을 구성하고 창고 안에 있는 박스들을 머릿속에 그렸다.

— 수납합니다, 마스터!

아공간의 에고인 스페이스의 대답과 함께 마치 공간을 이동하듯 박스들이 단번에 사라졌다.

'이제 다른 창고로 가보자.'

텅 비어버린 창고를 나와 전등들이 꺼져 어둠이 내려 깔려 있는 통로를 따라 다른 창고로 갔다.

같은 마법진이 적용된 터라 창고 안으로 들어가는 것은 아주 쉬웠다.

'여긴 그다지 많지 않군.'

이번 창고에는 박스가 반 정도만 차 있었다.

박스 안을 확인해 보니 보석류가 대부분이었다.

다이아몬드를 비롯해 루비, 에메랄드, 사파이어 등이 들어 있었는데 창고 면적의 절반 정도라도 정말 어마어마한 양이었다.

보관된 보석들은 마나 엔진의 동력전달 체계에 있어 촉매로 사용되는 것들이라 이번에도 스페이스를 불러 아공간에 싹 쓸어 담았다.

'정말 알 수 없군. 이 정도 양이면 전 세계에서 나오는 것들을 싹 쓸어 모았다고 해도 과언이 아닌데…….'

의아함을 느끼며 스페이스를 불러 전부 아공간에 수납한 후 다른 창고로 갔다.

이번 창고에 보관된 박스에 담긴 것은 에너지 스톤 중 하나인 마나석이었다.

마나석들을 싹 쓸어 담고 다른 창고로 가니 정령석이 담긴 박스가 가득했다.

수납을 끝내고 다음 창고로 가니 몬스터들에게서 채취하는 마정석들이 가득 든 박스들이 보관되어 있었다.

채취한 몬스터 종류별로 마정석들이 각각의 박스에 담겨 있었는데 그것들도 역시 아공간에 담아 나왔다.

다른 창고에는 다른 차원에서만 존재하는 마법 재료들이 들어 있었다.

미스릴, 아다만티움, 오르하르콘이 박스에 담겨 각각의 창고에 가득 보관되어 있었다.

나머지 창고도 각종 마법 재료들이 보관되어 있었다.

창고에 보관된 것을 쓸어 담으면서 정말 의아했다.

지구에서 나오는 것들은 조금 이해가 가지만 다른 차원의 것들 때문이다.

다른 차원과의 본격적인 교류가 시작된 것이 채 10년이 되지 않았다.

마법과 관련한 물질이나 재료들은 다른 차원에서도 철저하게 통제를 하기에 쉽게 들여올 수 없는데, 이렇게나 어마어마한 양이라니.

처음 생각했던 것처럼 새로운 거대 게이트를 열었다고 밖에는 답이 나오지 않았다.

심안을 이용해 관련된 정보를 찾아보려고 해도 아무것도 알아낼 수가 없었다.

박스나 구조물에 남은 기억의 잔상들도 싹 지워져 있었고, 정보라고는 보관된 것들에 대한 설명들뿐이었다.

'지금 생각을 해봐야 골치만 아픈 일이다. 어떻게 구했는지 당장 확인을 할 수 없으니 트럭들이 오면 티엔샤 바이오의 잔해들도 수납한 후에 나가도록 하자.'

남아 있는 양으로 봤을 때 거의 마지막 트럭들일 테니 그것만 챙기고 떠나기로 했다.

'이 구조물도 철저히 박살을 내야 한다. 그래야 놈들이 일이 벌어졌다는 것을 알게 될 테니까.'

비어 있는 창고에 다시 들어가 가져 온 폭탄들을 설치하기 시작했다.

차원 에너지를 뿜어내는 게이트를 붕괴시키려고 만든 것들이라 폭심부터 반경 1킬로미터를 아주 박살내 버리는 파괴력을 가진 폭탄들이다.

창고의 구조 때문에 각각의 창고에 다 설치해야 했지만 시간은 얼마 걸리지 않았다.

부우우웅!

'오는군.'

폭탄 설치를 마치고 창고의 격벽 그늘에 은신을 하고 기다리니 트럭이 내려오는 소리가 들린다.

삐잉! 삐잉! 삐잉!

거대한 창고 문이 열리기 시작했고, 얼마 안 있어 도착한 트럭들이 창고 안으로 들어가 잔해들을 쏟아냈다.

트럭들이 떠나고 문이 닫힌 후에 마법진을 작동시켜 안으로 들어가서 스페이스를 불러 안에 있는 잔해들은 전부 아공간에 담았다.

— 마스터, 수납한 물품에 대한 분류를 시작합니다.

— 분류?

— 마도학에 따른 분류법에 따라 수납한 물건들을 보관하여 마스터께 이용 편의를 제공하는 기능입니다.

— 마도학을 알고 있나?

— 예, 마스터.

— 나에게 알려줄 수도 있는 건가?

— 가능합니다, 마스터.

— 잘됐군. 그럼 분류하도록 해. 마도학에 대해서는 나중에 시간을 내서 알아보도록 하지.

— 알겠습니다. 마스터. 분류를 시작합니다.

— 그런데 공간이 부족하지는 않나?

— 같은 양을 더 채워놓으셔도 문제가 없습니다.

'창고 안에 있는 것들을 전부 쓸어 넣었는데도 다 차지 않은 것 같구나. 도대체 아공간의 크기가 얼마나 되는지 모르겠군.'

전부 쓸어 담았는데도 에너지 흐름이 원활한 것을 보면 정말 거대한 아공간이 분명했다.

그 크기가 심안으로 확인이 되지 않을 정도로 말이다.

'이곳에도 폭탄을 설치하고 밖으로 나가자.'

마지막 폭탄을 설치하고 창고를 나와 움직였다.

뒤를 곧바로 따라붙은 트럭의 밑에 들어가 잘 보이지 않도록 바퀴와 바퀴 사이에 몸을 띄웠다.

들어올 때 이미 검문검색을 마쳐서인지 벙커를 나와 삼중 철책을 지날 때까지 차 밑을 들여다보는 자는 없었다.

철책을 나온 트럭들은 티엔샤 바이오로 향하지 않았다.

오가던 경로를 벗어나 다른 곳으로 이동을 하기에 중간에 빠져나와 옥상으로 이동한 후 건물을 건너뛰어 차를 주차해 놓은 빌딩으로 갔다.

'태양 아래에서는 자칫 내 모습이 드러날 수 있으니 서두르자.'

어둠이 점점 옅어지고 해가 뜨려하기에 서둘러야 했다.

빌딩에 도착해 전투 슈트를 해제하고 지하로 내려가 차에 시동을 건 후 창투가 있는 빌딩으로 향했다.

빌딩에 도착하는 순간 해가 완전히 떴기에 차를 주차해 놓고는 아침을 먹기 위해 근처 카페로 향했다.

'오늘도 역시 아침부터 분주하군.'

근처 빌딩 대부분이 벤처 회사인 터라 밤을 새우는 이들이 많다.

덕분에 아침 일찍부터 문을 열어 식사를 해결할 수 있는 가게

들이 꽤 있었다.

'다들 성공을 꿈꾸고 있겠지. 그러기에 고생을 마다하지 않는 것이고……'

퀭한 얼굴로 빌딩들에서 기어 나와 식사를 해결하기 위해 카페로 향하는 이들의 눈빛에는 피곤함 보다는 열망이 가득했다.

새로운 세상이 된 이후 변화를 이끄는 첨병이나 마찬가지인 이들이라서 그런 것 같다.

'아직은 한산하군.'

내가 가는 카페는 그다지 손님이 많지 않았다.

호텔에서 제공하는 조식과 비슷한 메뉴를 제공하기에 끼니를 해결하기 위해 자주 가는 편이었다.

카페 안으로 들어가자 안면을 익힌 여사장이 아는 체를 한다.

"어서 오세요. 오랜만이네요."

"하하하하, 그동안 좀 바빠서요."

"아침 드시게요?"

"예."

"저쪽 창가에서 드세요."

"고마워요."

여사장이 알려준 곳은 도로가 보이는 창가였는데, 내가 자주 앉는 좌석이었다.

뷔페식으로 꾸며진 테이블로 가서 접시에 내가 먹을 것들을 담은 후 커피를 한 잔 들고 여사장이 알려준 곳으로 가서 앉았다.

천천히 식사를 하며 지하구조물에 대해 생각을 하고 있는데 낯익은 얼굴들이 안으로 들어온다.

이번에 호장민이 소개해 준 자들이었다.

'예전부터 서로 잘 아는 사이인 것 같더니……..'

입주식을 할 때도 느꼈지만 들어오며 사이좋게 대화를 나누는 모습을 보니 예전부터 절친한 사이 같았다.

세 사람은 창가에 앉아 있는 나를 보더니 가볍게 목례를 한 후에 나처럼 음식이 있는 테이블로 갔다.

'다른 자리를 찾는 것을 보니 예의는 있는 자들이군.'

음식들 담아 들고 앉을 자리를 찾고 있다.

입주한 빌딩의 주인이기도 하지만 투자를 한 사람이라 인사를 하러 올 법도 하건만 내가 식사하는 것을 방해하지 않으려는 것 같았다.

'친하게 지낼 필요가 있으니까.'

입주식 때 몇 마디 이야기를 해봤었는데 생각하는 자체가 일반적인 중국인들과는 다른 이들이다.

이들이 개발하고 있는 것도 그렇지만 사람들 자체에 흥미가 생겼기에 그들을 부르기로 했다.

제 2 장

내가 앉아 있는 좌석의 식탁이 4인용이라 충분히 앉을 수 있어서 세 사람을 보면서 손을 흔들었다.

내 의도를 알아차렸는지 가까이 다가온다.

나보다 나이가 많은 자들이 조심스러운 모습으로 다가오는 것을 보니 피식 웃음이 나온다.

내 정체를 안다면 저럴 리 없으니 말이다.

"안녕하십니까?"

"그래요. 다들 앉으세요."

"저희들 때문에 불편하시지 않겠습니까?"

"아니에요. 앉을 자리도 마땅치 않은 것 같으니 여기에서 드세요."

"고맙습니다."

내 권유에 다들 자리에 앉았다.

"호장민 사장님께서 추천을 해주셔서 제가 여러분께 투자를 했습니다만, 저에 대한 부담을 갖지는 마세요."

"알고 있습니다. 창업 인큐베이터에 들어온 개발자들에게 최대한 편의를 제공하신다고 말입니다."

내 말에 대답을 한 이는 합금을 연구하는 유대헌이었다.

"그럼 다행입니다. 다른 것에 부담을 가지시면 개발에도 차질이 생기게 되니 말입니다."

"그나저나 입주한 다른 개발자들에 비해 저희에게 해주신 것이 많은 것으로 알고 있습니다만……."

"일에 대한 이야기는 식사를 하시면서 하시죠. 보아하니 밤새 연구하다가 오신 것 같은데."

"알겠습니다."

내 권유에 세 사람은 자신들이 가져온 음식들을 먹기 시작했다.

먹으면서도 나에게서 시선을 떼지 않는 것 같아서 말을 이었다.

"제가 지분을 더 얻지도 못하면서 개발에 필요한 설비 같은 것들을 추가로 제공한 것은 이유가 있습니다."

"이유시라면……."

"다른 이유가 있겠습니다. 저는 그저 여러분의 성공 가능성을 높게 봤을 뿐입니다."

"저희야 그렇게 생각하고 있습니다만. 사장님 입장에서는 확실한 것도 아니고, 손해를 보며 투자를 한다는 것이 잘 이해가 되지를 않습니다."

마법 공학 분야 중에서 마나 엔진을 개발하고 있는 문세원이 고개를 갸웃거리며 말했다.

"저는 손해라고 생각하지 않습니다. 앞으로는 차원 교류를 통해 얻은 정보들로 만들어진 것들이 이 세상을 지배할 것이라고 생각하니 말입니다. 더군다나 여러분을 밀고 있는 곳을 생각하면 제가 가진 지분도 많은 것이라 추가 투자를 꺼려할 이유도 없고요."

"그렇군요. 으음……."

에너지 스톤을 이용한 투사체를 개발하고 있는 서태진이 눈을 빛내며 흥미로운 듯 나를 본다.

"나에게 물어볼 것이 있는 겁니까?"

그의 눈빛에서 궁금증을 느꼈기에 물었다.

"그렇기는 합니다. 사장님이 제공하신 설비들은 저희가 개발하고 있는 것에 대해 깊은 이해가 없다면 절대 알 수 없는 것들이라서 말입니다."

"하하하. 그렇기는 하지요."

"궁금한 점이 많지만 여기서 여쭤볼 이야기는 아닌 것 같아서 사실 망설임이 적지 않습니다. 아침 식사를 끝내고 사무실로 가서 사장님과 대화를 나눠봤으면 하는데 괜찮으시겠습니까?"

머뭇거린 것도 그렇고, 뭘 걱정해 사무실로 가서 이야기를 해보려 하는지 알겠다.

이야기를 나누다 보면 개발에 관련된 이야기도 나올 것이기에 대화를 나눌 만한 장소가 되지 못했다.

"하긴, 여기는 공개된 장소니 그렇게 하는 것이 나을 것 같군요. 식사를 끝내고 사무실로 가서 마저 이야기를 하도록 하지요."

"고맙습니다."

"자, 그럼 먹어볼까요?"

"예, 사장님."

나와 세 사람은 열심히 식사를 했다.

식사를 끝내고 카페를 나와 세 사람과 함께 내가 살고 있는 맨션으로 갔다.

엘리베이터를 타고 올라가는 내내 말이 없다.

'마음속으로 정리를 하는 것이겠지.'

다들 긴장하는 빛이 역력한 것을 보면 중요한 제안이 있을 것 같다.

어차피 올라가면 들을 이야기라 생각을 정리하도록 말을 걸지 않았다.

띵동!

도착음과 함께 엘리베이터 문이 열리자 곧바로 거실이 나타났고, 다들 눈을 크게 뜨고 주변을 살핀다.

'놀란 모양이군.'

내가 거주하는 맨션에 들어선 후 다들 놀라는 눈치다.

최신 인테리어에 조명까지 섬세하게 신경을 쓴 공간이라 하나같이 고급스러워 보여서 그런 모양이다.

"제가 생활하는 곳이기도 하지만 사무실도 겸하는 곳인데 마음에 들지 모르겠군요."

"정말 잘 꾸미고 사시는 군요. 개발이 성공한다면 저도 이렇게 꾸민 후에 살고 싶습니다."

문세원은 내가 정말 부럽다는 듯 대답을 하며 여기저기를 살핀다.

심플하게 꾸며 놓은 맨션 공간이 무척이나 마음에 드는 모양이다.

"하하하! 조만간 그렇게 될 겁니다. 자, 이쪽으로!"

맨션 거실에서 사방을 두리번거리는 세 사람을 안내해 서재겸 사무실로 쓰이는 곳으로 갔다.

"인식 차단 장치가 건물 전체에도 설치되어 있지만, 여기에는 따로 하나 더 설치가 되어 있습니다. 여기에서 나눈 대화가 밖으로 새어나갈 염려는 절대 없으니 편히 말씀하셔도 될 겁니다."

"인식 차단 장치가 꽤 비싼 걸로 알고 있는데 정말 대단합니다."

"하하하하! 비싸기는 하지만 이 분야에서는 보안이 생명 아닙니까? 자칫 창업자들이 개발하고 있는 것들에 대한 정보가 밖으로 흘러나간다면 그건 정말 큰 손해니까요. 자, 앉으시지요."

세 사람이 내 책상 앞에 놓인 회의용 탁자를 둘러싸고 자리에 잡았다.

"차는 뭐로 할까요?"

"차는 됐습니다."

"그럼 본론으로 들어가도록 하지요. 서태진 씨가 리더 같으신데 저에게 물어볼 말이 뭡니까?"

상황도 그렇고 질질 끌어하는 것을 싫어하기에 단도직입적으로 물었다.

"사장님께서도 어느 정도 아시고 계실 것 같지만 말씀을 드리겠습니다. 대헌이 이 친구는 마도합금을 연구하고 있고, 이쪽 세원이는 마나 엔진을 연구하고 있습니다. 그리고 저는 마법을 활용한 투사체를 연구하고 있고 말입니다."

"창업 계획서도 미리 보았고, 북경군구에서 지원을 한다고

했을 때 어느 정도 예상을 했는데 역시 무기를 만드시는 것이군요."

"그렇습니다. 아이템이라 불리는 기존의 것들과는 완전히 차원이 다른 무기를 만들고 있는 중입니다."

"으음, 투사체라면 그렇겠군요."

화기에 사용되는 건 파우더는 차원을 넘어가게 되면 폭발을 일으키지 않기에 총이나 대포 같은 무기들은 거의 소용이 없다.

그렇기 때문에 차원 교류를 통해 다른 차원으로 넘어가는 이들이 사용하는 무기들은 검이나 도, 창 같은 냉병기가 대부분이다.

총이나 대포 같은 화기류에 익숙한 지구인들에게 냉병기는 오랜 시간 훈련을 해야 하기에 쓰기가 곤란한 무기가 아닐 수 없다.

마법을 인챈트 해서 속성을 지닌 마법체를 발사할 수 있는 아이템들이 만들어지고 있기는 하지만 그것도 상급 마나석을 써야만 가능하기에 비용 대비 효율이 떨어진다.

그냥 마법을 사용하는 것이 더 효율적이고 위력이 크니 그저 놀이용으로 만들어지는 장난감 정도가 다다.

만약 총과 비슷한 위력을 지닌 투사체가 싼 가격으로 개발이 된다면 무력을 획기적으로 증가시킬 것이기에 이들이 개발하고 있는 것들은 아주 중요했다.

"북경군구 지원을 받고 사장님의 투자를 받아들였지만 사실 우리 세 사람이 투사체를 개발하는 것은 돈을 벌기 위해서가 아닙니다."

의외의 말에 흥미가 당겼다.

"다른 이유가 있는 겁니까?"

"그렇습니다. 사실 저희들은 같은 학교를 다녔었고, 마도학을 전공하면서 다른 차원에 가보는 것이 꿈이었습니다. 하지만 그 꿈은 현실적으로 이루기가 거의 불가능한 일이었습니다."

"으음. 국가에서 선발하는 체제라서 일반인이 선정되는 일은 거의 없으니 그렇겠군요."

다른 나라라면 모르겠지만 중국은 아주 엄격하게 선발을 하는 터라 다른 차원으로 간다는 것이 하늘의 별 따기다.

"사장님이 말씀하신 것이 맞습니다. 중국에서 일반인이 다른 차원에 가는 것은 거의 불가능하지요. 우리는 2차 각성에 적합하다는 판정을 받기는 했지만 그것 때문에 절망을 해야 했고, 꿈을 포기해야 했습니다. 다른 차원으로 갈 수 있는 것은 오로지 선발된 자들뿐이니 말입니다."

방금 전에 서태진이 나에게 한 말은 의미심장한 것이 아닐 수 없었다.

2차 각성을 위해 반드시 가야 하는 그곳의 규칙에 따르면 각성할 수 있는 인원은 나라별로 배정이 되어 있고, 각 나라

별로 1년에 정확히 100명만 2차 각성의 혜택을 받는다.

차원을 넘어갈 수 있는 이들은 2차 각성자 중에서도 진성능력자 뿐이기에 각 나라에서는 그곳으로 보낼 예비 각성자들을 아주 신중하게 뽑는다.

2차 각성이 가능한 국민들 중에서 자신들이 개발한 방식을 사용해 그곳에 갈 수 있는 이들을 뽑는다.

인구가 많은 나라에서는 선발되는 것 자체가 하늘의 별따기나 마찬가지인 상황이다.

더군다나 중국은 인구가 거의 15억에 가까운 곳이라서 특별한 능력이 없는 한 국가에서 시행하는 선발 시험에 합격한다는 것은 불가능한 일이라고 할 수 있다.

대한민국의 경우 체계적인 선발 시험을 거쳐 배정된 인원을 뽑는데 반해, 중국은 그 옛날 무림이라 불리는 곳에서 활동한 무가 출신들에 한해서만 그곳으로 갈 인원을 뽑기 때문이다.

어려서부터 내공을 익히고 체계적인 수련을 받은 이들의 경우 진성능력자로 각성할 확률이 내 앞에 있는 세 사람 같은 일반인보다 몇 배나 될 정도로 월등히 높았기 때문이다.

"무가 출신들을 말하는 거군요."

"그렇습니다. 하지만 우리는 포기하지 않았습니다. 그리고 새로운 가능성을 찾았고, 지금까지 도전을 준비하고 있는 중입니다."

"설마!"

세 사람이 무엇을 준비하고 있는 것인지 알 수 있을 것 같아 나도 모르게 눈을 크게 떴다.

"맞습니다. 우리 셋은 국가에서 선발되는 것을 포기한 대신 차원통제사 시험을 준비하고 있습니다."

"으음."

'특별한 힘을 타고난 한두 명을 제외하고는 대부분의 선발 인원이 체계적인 수련을 통해 무공을 익힌 무가 출신이기에 그것이 아니면 차원통제사가 된다는 것이 불가능한데 꿈을 접지 않고 지금까지 준비하고 있었다니, 의지가 대단한 자들이로군.'

국가에서 시행하는 이런 선발 시험에 합격하지 않는다고 해도 다른 차원으로 갈 수 있는 방법이 없는 것이 아니다.

방법이 하나 더 있는데, 바로 이들이 말하는 차원통제사가 되는 것이다.

다른 차원으로 가고 싶어 하는 이들이 국가에서 시행하는 시험에 합격하지 못하면 차선으로 선택하는 길이기는 하지만 차원통제사가 되는 것은 결코 만만한 일이 아니다.

국가에서 선발된 자들과는 달리 아주 특별한 시험을 봐야하기 때문이다.

그래도 그나마 나은 것은 국가에서 시행하는 것이 아니라서 그곳의 존재들이 하는 시험이기에 매우 공정하다는 것이다.

'그렇다고는 해도 조건을 모두 완수하기가 쉽지는 않을 텐데 말이야.'

차원통제사가 되기 위해서는 세 가지가 반드시 구비되어야 한다.

첫 번째는 그곳의 존재들이 세상에 뿌린 꿈의 초대를 받은 사람이어야 한다.

꿈의 초대라는 것은 차원통제사가 될 수 있는 자각몽을 꾸게 되는 것이다.

그곳의 존재들이 세상에 뿌린 의지에 따라 반응을 보인 자들만이 꿈을 꾸는 탓에 꿈의 각성이라 부르기도 한다.

두 번째는 자각몽을 꾼 이후, 한 번도 인류에 속하는 존재를 죽여서는 안 된다는 것이다.

만약 죽이게 된다면 자각몽으로 만들어진 표식이 사라지게 되며, 차원통제사가 되기 위한 시험을 받지 못하게 된다.

세 번째는 그곳의 존재들이 시행하는 시험에 통과해야 한다는 것이다.

차원통제사가 되기 위해서 거쳐야할 가장 마지막 단계인데 아주 중요하다.

그 시험이라는 것이 다른 차원의 존재들과 싸우는 것이라서 그렇다.

싸우다가 실제로 죽을 수도 있어 자신의 생명을 걸어야 하는 터라 통과할 만한 무력을 반드시 갖추어야 한다.

무력의 기준은 무공을 익힌 자 가운데 최소한 일류 고수 정도의 수준은 되어야 하기에 결코 쉽지 않은 일이었다.

'차원통제사가 되겠다는 것을 나에게 밝혔다는 것은……'

중국에서 차원통제사라는 명칭은 함부로 꺼내서는 안 되는 것이다.

진성능력자를 확보하는 것에 혈안이 되어 있는 중국 정부에서 가만히 놔두지 않기 때문이다.

꿈의 초대를 받았다는 것이 알려지면 곧바로 중국 정부의 통제를 받게 된다.

그 통제라는 것은 대부분 정부를 위해 충성을 약속하는 것으로, 자유를 박탈당하게 된다.

안 할 수도 없는 것이 통제가 되지 않는다면 가차 없이 제거되기 때문이다.

꿈의 초대를 받은 자들 대부분이 모험심이 강하고 자유 의지가 높은 이들이라 진성능력자가 된다면 정부를 전복할 수 있는 잠재적 위험이 될 수 있기 때문이다.

대변혁 이후 약속이라는 것이 함부로 어길 수 없는 것이 된 터라 차원통제사가 될 존재들이 약속만 한다면 아주 중요한 전력이 될 수 있기 때문이기도 했다.

미국을 비롯해 자유주의 국가에서는 엄두도 내지 않는 일이지만, 독재 국가나 사회주의국가 대부분은 중국 정부와 같은 입장을 취하고 있는 실정이다.

이런 형상 때문에 중국의 꿈의 각성자들은 정부에 대한 위험성을 인지하고 꿈의 초대를 받았다는 것을 밝히지 않는다.

그럼에도 불구하고 자신들에 대해 밝히는 것을 보면 뭔가 믿을 만한 구석이 있다는 소리였다.

"마법을 이용한 투사체를 사용해 전사의 싸움에서 이기고 차원통제사가 되려고 하는 겁니까?"

"그렇습니다."

목소리가 굳어 있고 눈동자가 흔들리지 않는 것을 보니 진심임이 분명하다.

"마력을 이용한 투사체가 있다면 가능성이 높기는 하지만 쉽지는 않을 겁니다."

일류 고수의 수준이라는 것이 보통 인간의 반응속도 보다 대여섯 배나 빠르다고 생각하면 되는데, 쉽게 생각할 일이 아니다.

전사의 싸움에서 상대해야 할 다른 차원 존재들도 그만한 속도를 보이기에 투사체로 맞추는 것 자체가 어려울 수도 있는 것이다.

"우리 세 사람은 연구를 계속하면서도 지금까지 꾸준하게 준비를 해오고 있습니다."

"준비요?"

"저희 셋은 군대를 가는 대신 다른 곳에서 특수한 훈련을 받았습니다."

"다른 곳에서 특수한 훈련을 받았다니 무슨 말입니까?"

"우리 세 사람은 공안에서 운영하는 설표 돌격대 출신이기도 합니다."

"설표 돌격대라면……."

"대테러 부대죠. 대헌이 아버님이 설표 돌격대의 운영에 관여하고 계셔서 특수훈련을 받는 것이 가능했습니다."

중국의 각 군구들은 지방 세력에 의해 운영이 되고 있다.

각 군구가 직접 기업을 운영하며 자금을 조달할 정도로 독자적인 면이 아주 강한데, 공안은 이 군구 세력을 누르기 위해 중앙정부가 만든 조직이다.

중국의 경찰이라고 할 수 있는 공안은 대한민국의 경찰과는 완전히 다른 조직이다.

전차와 탱크, 그리고 미사일을 보유하고 있을 정도로 군구에 맞먹는 막강한 전력을 보유하고 있다.

이런 공안에서 운영하는 설표 돌격대는 대한민국의 경찰의 특임대와 같이 대테러 부대로, 세계 유수의 특수전 전력을 능가하는 유명세를 떨치고 있는 정예 부대이도 하다.

'지방의 각 군구가 무가와 관련이 많다면 공안은 중앙정부와

밀접한 연관이 있는데, 이들이 북경군구의 지원을 받는 것도 나름 이유가 있었군.'

북경군구가 전폭적으로 지원하는 것이 이상하다고 생각했는데 이유가 있었다.

사적으로 그런 훈련을 받았다면 이들도 호장민과 같이 권력을 잡고 있는 수뇌부와 밀접한 관계가 있을 것이다.

"사실 주사장님이 운영하시는 창업 인큐베이터에 들어온 이유는 북경군구나 창업 공사의 사장인 호장민이 제안해서가 아닙니다."

"그게 무슨 말입니까?"

"우리가 이곳에 자리를 잡게 된 것은 바로 유도를 했기 때문입니다."

"으음, 유도를 했다니……."

나, 아니, 주환에 대해 알고 있을 수도 있다는 생각에 나도 모르게 전투 슈트를 소환할 뻔했다.

"현재 직함이 창업 공사 사장으로 되어 있지만 호장민은 국가안전부의 부부장입니다. 그의 배후 세력 몰래 사장님을 만나야 했습니다."

호장민이 창업 공사의 사장이라는 위장 신분을 사용하고 진짜는 정보 계통에서 일하고 있다고 생각하고 있었다.

그런데 그것이 국가안전부의 부부장이라니, 정말 놀라운 일이다.

"그분이 국가안전부 부부장이고, 몰래 나를 만나야 했다고 하셨습니까?"

"사실 우리는 사장님에 대해서 나름 조사를 했습니다. 그리고 우리와 뜻이 맞을 것 같다고 판단을 했습니다."

나를 조사했다는 말에 놀라 손을 쓸 뻔했지만 이어지는 말에 가만히 있었다.

주환에 대해 조사를 한 것 같아서다.

"나를 조사하다니, 무슨 말인지 도무지 이해가 되지 않는군요?"

"협조를 구하기 위해서입니다. 그리고 주 사장님도 차원통제사가 꿈이 아닙니까?"

"으음."

확실히 주환에 대해서 조사를 한 것 같다.

어떻게 알았는지는 모르지만 주환이 차원통제사가 되려고 하는 것은 맞다.

그리고 나 또한 차원통제사가 되려고 한다.

내가 받은 사명과 관련이 있으니 더 들어봐야 할 것 같다.

"이런 비밀스러운 이야기를 하는 것을 보면 이유가 있는 것 같은데, 나에게 하고 싶은 제안이 도대체 뭡니까?"

"사장님께서 상당한 양의 마력 코인을 보유하고 있다는 것을 알고 있습니다."

"으음, 그것까지 알고 있었다니⋯⋯."

"언제부터인가 마력 코인에 대해서 언급을 하지 않으셨지만, 재학 시절에 상당한 양의 비트코인을 확보하신 걸로 알고 있습니다."

"으음."

주환이 북경대학교 마도공학과 출신인 것처럼 이 세 사람도 그곳 출신이다.

그것도 진짜 주환의 3년 선배다.

'비트코인에 투자했다는 사실을 떠들고 다녔던 주환을 알고 있다면 이들이 나를 선택한 이유를 대충은 알 것 같군.'

차원통제사가 되고 다른 차원으로 건너가려면 마력 코인이 반드시 필요하다.

그것도 몇 개가 아니라 최소한 백 단위 이상의 마력 코인이 필요하다.

차원통제사가 되려면 절대적으로 필요하지만 마력 코인을 구하는 것은 쉽지 않은 일이다.

전부터 가지고 있었다면 모를까, 거래소에서 마력 코인은 거래할 수 있는 것은 국가나 기관, 그리고 차원 교류를 통해 상당한 부를 축적한 차원통제사뿐이니 말이다.

비트코인이었을 무렵부터 소유한 자가 아니라면 일반인은 접근조차 할 수 없도록 마도 네트워크에서 각별하게 통제하기 때문이다.

차원통제사가 되기 위해서는 마력 코인이 반드시 필요한데 구하기가 쉽지 않아 일반인들로서는 또 하나의 장벽이나 마찬가지다.

대부분의 준비를 끝낸 이들도 마력 코인이 넘을 수 없는 장벽으로 다가왔을 것이다.

서태진이 자리에서 일어나자 나머지 두 사람도 자리에서 일어났다.

그러고는 내 옆으로 다가와 무릎을 꿇는다.

"꿈의 초대를 받고 차원통제사가 되기 위해 마도학을 전공하면서 지독한 훈련을 받았습니다. 그리고 투사체 무기를 개발하기 위해 노력해 왔고, 끝내는 개발에 성공을 했습니다. 하지만 마력 코인이 없어 차원통제사가 되지 못한다면 너무 억울합니다. 그러니 도와주십시오. 주 사장님."

대학교 3년 후배인데도 불구하고 예의를 차리며 진정으로 호소를 하고 있는 것을 보니 마음이 무겁다.

'으음, 어떻게 해야 할까?'

심안으로 확인해 본 이 세 사람의 감정은 모두 진심이어서 그냥 흘려들을 수가 없다.

그리고 코인이야 넘쳐날 정도로 있으니 이들에게 투자를 해도 문제는 없을 것 같다.

"어서 일어나세요."

"허락해 주실 때까지 일어나지 않겠습니다."

"일어나지 않으면 투자고 뭐고 없습니다."

단호한 말에 세 사람이 엉거주춤 자리에서 일어났다.

"사실 쉽지 않은 결정입니다. 생각을 좀 해봐야 할 것 같습니다."

"사장님도 이제 아시겠지만 저희들이 바라는 투자는 바로 마력 코인입니다. 쉽게 결정하실 문제가 아니라는 것을 알고 있으니 심사숙고하신 후에 말씀을 해주십시오."

"알겠습니다. 긍정적으로 생각해 보도록 하지요."

"긍정적으로 생각을 해주신다니 정말 고맙습니다. 부디 저희들에게 투자하시는 것으로 결정을 내리셨으면 좋겠군요. 그리고 당부드립니다만, 국가안전부 부부장이라는 사실을 알고 있다는 것을 호장민에게 티 내지 마십시오. 그리고 마력 코인에 대해서도 절대 비밀로 하셔야 합니다. 혹시 알리셨나요?"

"그건 아닙니다만."

"세원이가 사장님과 마력 코인에 대한 정보를 최대한 지우기는 했지만 호장민이 알게 된다면 무서운 일이 벌어질 수도 있습니다. 호탕한 모습과는 달리 국가안전부의 브레인이라고 불릴 정도로 아주 무섭고 냉철한 자이니 말입니다. 이건 주 사장님의 안전을 위해서 드리는 말씀입니다."

"고맙습니다. 그렇게 하도록 하지요."

"그만 가보겠습니다. 그리고 일주일 후에 인큐베이터로 한 번 내려와 주십시오."

"일주일 후에요? 그때 대답을 달라는 말씀입니까?"

"아닙니다. 우리 세 사람이 개발한 투사체가 그때 완성이 돼서 그렇습니다."

"일주일 후에 말입니까?"

"그렇습니다. 투사체를 보신다면 주 사장님이 결정을 내리시는 데 도움이 될 겁니다."

"알겠습니다. 그렇게 하도록 하지요."

"그럼."

세 사람을 엘리베이터를 통해 로비로 내려 보냈다.

'마력 코인을 투자를 할지 진짜 심각하게 고민을 해봐야겠군. 어떤 식으로 투사체를 만드는지 확인도 하고, 전에 귀속시킨 것도 확인을 해봐야 하니 일주일은 꼼짝 없이 아르고스를 통해 지켜봐야겠군.'

상당한 시간 동안 맨션에 틀어박혀 있어야 하는 터라 호장민에게 전화를 걸어야했다.

조금 있으면 정신이 없어질 테니 나에 대해서는 생각을 하지 못할 테지만 확실히 해두는 것이 좋았다.

스마트폰을 열어 전화번호를 눌렀다.

— 무슨 일인가?

"예, 형님. 일주일 정도 연락을 드리지 못할 것 같아서 전화를 드렸습니다."

— 어디 가는 건가?

"아닙니다. 형님께서 직접 추천해 주신 세 기업을 놓고 투자 전략을 다시 짜야 할 것 같아서 말입니다."

— 그렇다고 연락을 하지 못할 것은 뭔가?

"원래는 심산유곡이나 인적이 드문 곳을 찾아 여행을 하며 생각을 정리해 왔었는데 이번에는 이곳에 틀어박힐까 해서 말입니다."

— 알았네. 하지만 건강 상하지 않도록 조심하게.

"예, 형님, 형님도 건강 조심하십시오."

— 알았네.

스마트폰을 끊었다.

'상당히 긴장을 하고 있구나. 국정원에서 벌써 움직이고 있는 건가?

아무렇지 않은 듯 대화를 나누었지만 호장민이 음색에서 긴장된 기색을 역력히 느낄 수 있었다.

국가안전부의 부부장인 그가 가장 신경을 쓰는 것이 국정원을 상대하는 일일 테니 반격이 시작되었을 가능성이 가장 높았다.

'아르고스로 한 번 확인을 해봐야겠군.'

이제는 안가로 내려가지 않아도 아르고스와 접속이 가능하다.

삼환명심법을 사용해 불러일으킨 의지를 내가 원하는 곳에 붙여둘 수 있기에 가능한 일이다.

내 의지가 작용하지 않는 한 활동을 하지 않고 대기 상태로 있는 중이다.

— 아르고스 채널 접속! 호장민 확인!

붙여 두었던 의식이 활성화되며 시야가 전환된다.

얼마 전에 보았던 상황실에 있는 호장민이 보인다.

'역시, 반격이 시작되었군.'

거대한 상황판을 연상케 하는 패널 위에 붉은 점들이 하나도 보이지 않았다.

대신 푸른 점들만이 국정원의 거점 지역들로 보이는 주변에 부산하게 움직이고 있는 것이 보일 뿐이었다.

'저렇게 갑자기 사라진 것을 보면 현지 요원들을 나타내던 붉은 점들은 에너지 패턴이 분명하다. 푸른 점으로 보이는 에너지 패턴을 가진 중국의 진성능력자와 어떻게 구별하는지 모르지만 국정원에서 그걸 캐치한 모양이군.'

에너지 패턴을 단번에 바꿀 수 있다는 것은 국정원에서도 중국의 국가안전부가 실현한 에너지 패턴에 대한 디스플레이 기술을 가지고 있는 것이 분명했다.

'이런 식으로 모습을 감췄다면 현지인들이라고 그냥 버리지는 않을 것 같군. 돈을 주고 고용한 자들이라면 저런 조치를 취하지는 않았을 테고. 한족이 아닌 자들을 대상으로 현지 요원화한 건가?'

중국은 다민족 국가다.

주류로 분류한 민족들만 50여 개가 넘을 정도고, 각 민족마다 몇 천만 명이 훌쩍 넘어갈 정도로 인구도 많다.

그런 자들 중에는 민족 자치를 내세우거나 독립을 원하는 경우도 있을 것이고, 이런 이들을 현지 요원화한 것 같다.

유독 붉은 점이 많았던 지역이 티베트 등 독립을 부르짖었던 서쪽인 것을 보면 내 생각이 맞을 것이다.

'중관춘 쪽은 어떤지 볼까?'

S급 진성능력자들이 몰려 있던 곳을 확인해 보니 그들이 내뿜던 에너지 파장이 완전히 사라지고 없었다.

'에너지 파장이 사라지기는 했지만, 존재감이 느껴지는 것을 보면 연락을 받고 에너지 패턴을 바꾼 모양이군. 일단 어떻게 진행이 되는지 지켜보도록 하자.'

에너지 패턴을 바꾸어 사라지는 것만으로 끝나지 않을 것이기에 호장민이 지켜보고 있는 상황판에 집중했다.

'역시!'

티베트 쪽에 있던 푸른 점들 중 하나가 갑자기 사라졌다.

죽은 것이 분명한 것 같은데도 호장민은 아직 그 사실을 인지하지 못한 것 같다.

'다른 것에 정신이 팔려 정신이 없을 테니 지금은 발견을 못 하겠지만 조만간 알려질 것이다.'

시선을 돌려 보니 청도 쪽에 있던 또 하나의 푸른 점이 사라졌다.

국정원의 거점에 있다가 갑자기 사라진 이들을 찾기 위해 분주한 상태지만 이런 속도라면 조만간 이상이 생겼다는 것을 알게 될 것이다.

그렇지만 거기에 온전히 집중할 시간을 없을 것이다.

얼마 안 있어 벙커에 설치한 폭탄이 터질 테니까 말이다.

— 접속 해제!

아르고스와의 접속을 풀었다.

'으음, 머리가 어지럽군. 삼환명심법으로 분리한 의식을 유체 이탈처럼 다른 곳으로 보내는 것은 문제가 없지만, 의식적으로 활용하는 것은 여전히 부담을 주는구나.'

분리한 다섯 개의 의지 중에 하나뿐이지만, 온전히 집중하자 정신적으로 상당한 대미지를 주고 있으니 조심해서 사용해야 할 것 같다.

'이제 조금 있으면 시작하겠군. 근처에 민가가 없어서 그리 큰 피해는 없겠지만 충격이 클 거다.'

이제 벙커 지하에 설치해 둔 폭탄이 터질 시간이 머지않았다.

벙커 지역 일대를 휩쓸어 버릴 테니 북경이 공황 상태로 빠질 것이다.

'지금인가? 조금 있으면 여파가 여기까지 밀려오겠군.'

벙커에 설치된 폭탄이 터질 때가 되었다.

'지금이다.'

콰—아앙!

우르르르르!

폭탄이 터졌을 시간이 지나고 몇 초가 지나기 무섭게 대기를 찢어발기는 소음과 함께 지진이 난 것처럼 창투 빌딩이 흔들렸다.

모두가 내가 설치한 폭탄이 폭발한 여파 때문이다.

'이 정도면 빌딩에는 타격이 없겠군.'

내진 설계를 적용해 지어진 빌딩이라서 큰 피해는 없을 것이다.

상황이 어떤지 알아보기 위해 소파에 앉아 곧바로 TV를 켰다.

방송되고 있는 드라마의 밑에 속보로 먼터우거우구 서북쪽 산지에서 대규모 폭발이 발생했다는 자막이 나타났다.

얼마쯤 기다리자 뉴스 속보가 나왔는데, 거대한 크레이트와 함께 아직까지 먼지가 다 가라앉지 않은 벙커 주변이 화면에 나타났다.

반경 10킬로미터가 넘는 넓이와 폭심의 깊이가 1킬로미터가 넘는 거대한 크레이터에 경악하는 아나운서의 목소리를 들으며 TV를 껐다.

'호장민이 통제하는 상황실이 난리가 났겠군. 나머지 일이야 국정원이 알아서 할 테니…….'

장호나 천화라 불렸던 여자가 들어 있는 캡슐은 정상적으로 작동하고 있어 깨어날 때까지 기다려야 하지만, 혼원주는 달랐다.

그동안 바빠서 미처 신경을 쓰지 못했지만 천루의 경매에서 내게 귀속된 혼원주가 스킨 패널과 심안에 영향을 끼친 것이 분명하기에 이제 슬슬 알아봐야 할 때다.

소파에서 일어나 엘리베이터를 타고 안가로 내려갔다.

내 빌딩에 세든 예비 차원통제사를 감시하고 혼원주에 대해 알아보기 위해서 말이다.

안가로 들어가 우선 내가 가진 스킨 패널과 심안을 점검해 보았다.

단순히 통신 제어 기능만 가지고 있던 스킨 패널은 자아가 없기는 하지만 진화한 것처럼 거의 아티팩트 버금가는 기능을 발휘하고 있는 중이다.

의식으로 접속이 가능할 뿐 아니라 정보를 처리하는 양은 웬만한 지능형 아티팩트를 능가하니 말이다.

심안의 능력도 믿을 수 없을 정도로 확상이 됐다.

스킨 패널을 통해야 하기는 하지만 아르고스와 접속도가 높아졌고, 삼환명심법으로 분리한 의식들을 내 의지대로 움직일 수 있게 되었다.

몇 가지 제약만 빼면 초월자들이 가졌다는 권능에 준하는 능력이다.

'능력이 높아져서 좋기는 하지만 이게 결코 우연이 아닐 것 같다는 말이지…….'

스킨 패널과 심안의 변화가 어째서 시작이 되었는지 그동안 많이 고민해 왔다.

센터장이 가보라고 한 곳에서 알 수 없는 에너지 패턴에 잠식당해 정신을 잃은 후부터 스킨 패널과 심안에 여러 가지 이상 징후들이 발생하기 시작했다.

아마도 변화의 원인은 아리가 말한 것처럼 드미트리로부터 전해 받았다는 여명의 빛 때문일 것이다.

타클라마칸 작전에 투입되었을 때는 별다른 일이 없었으니 말이다.

'내거 그곳에서 정신을 잃은 것은 아마도 여명의 빛과 반응한 것 때문일 것이다. 하지만 그때만 해도 스킨 패널과 심안에는 변화가 없었다. 본격적인 변화가 시작된 것은 그때부터였지…….'

본격적으로 변화가 나타나기 시작한 것은 아버지가 만든 전투 슈트를 복제하면서부터다.

예상치 못하게 전투 슈트가 마치 아티팩트처럼 나에게 귀속되어 버렸다.

'언제든지 탈장착이 가능한 전투 슈트로 변해 버리다니 뭔가가 있지 않는 한 불가능한 일이지.'

그다음에 변화가 일어난 것은 아리의 스승님이 남긴 아공간을 얻은 이후다.

이상하게도 아공간이 나에게 아주 잘 맞았다.

'마치 일부러 나에게 맞춘 것처럼 말이야.'

2차 각성한 진성능력자가 아님에도 귀속이 될 수 있는 아공간이라고는 하지만 지금도 전혀 이질감을 느끼지 못할 정도로 아주 잘 맞았다.

'더군다나 아공간을 관리하는 에고도 전혀 거부감 없이 받아들였고. 아리의 스승인 김오 박사가 시베리아를 전전한 것을 생각해 볼 때 여명의 빛과 그 에너지 패턴, 그리고 아공간은 본래 하나의 세트였을 것이다. 그리고 마지막은 천루에서 나에게 귀속이 된 혼원주인데…….'

시베리아에서 폭발이 있었다는 곳에서 보았던 에너지 패턴과 같은 것이라고 생각하고 있었지만 그동안 관찰을 해 본 결과 비슷하면서도 상당히 달랐다.

'혼원주에서 느껴지는 것과는 완전히 다른 것이지.'

대변혁이 있기 전에 지구 대차원을 구성하는 에너지 패턴들이 밝은 곳에 속해 있다고 한다면, 혼원주에 있는 것들은 어둠이라고 생각이 될 정도로 말이다.

생각이 일면 혼원주를 불러낼 수 있을 것 같았지만 그렇게 하지 않은 이유도 이런 느낌 때문이다.

그동안에 일어났던 변화는 나에게 더할 나위 없이 좋은 일이었지만, 혼원주를 불러내도 그러리라는 보장이 없으니 말이다.

'그렇지만 나에게 귀속되어 있으니 이대로 둘 수는 없다. 어떻게 되었든 확인을 해봐야 한다.'

혼원주가 내 안에 심어진 폭탄일 수도 있는 일이라 그냥 두어서는 안 된다.

무엇인지 확인을 해야 어떻게 할지 결정을 내릴 수 있을 것 같기에 지금 확인을 해야 할 것 같다.

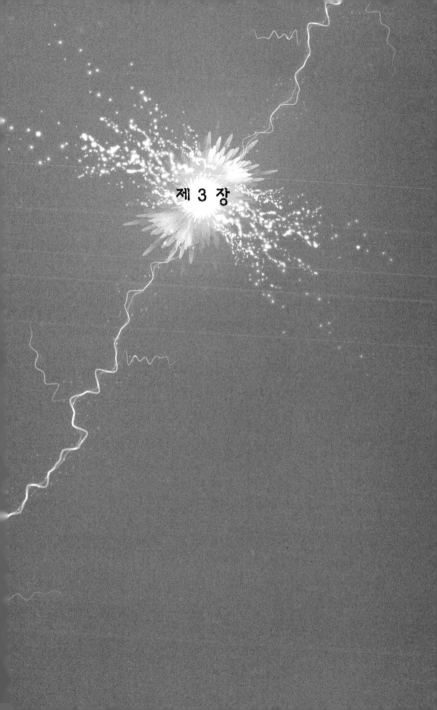

제 3 장

"뭐, 뭐야? 어떻게 된 건가?"

화면 전체를 바라보다 이상한 점을 알아차린 호장민이 소리를 질렀다.

10여 개뿐이지만 국정원의 거점을 공략하던 진성능력자들의 신호가 사라졌기 때문이었다.

이상을 인식하자 빠르게 사라지고 있는 푸른 점들이 시야에 확 들어왔다.

"확실히 모르겠습니다. 하지만 요원들의 생명 반응들이 빠르게 사라지고 있습니다."

"요원들 상태부터 전부 체크해서 데이터 띄워!!"

호장민의 노성에 요원들이 데이터를 수집해 곧바로 화면에 띄웠다.

마이너스 0.45%!

투입된 진성능력자들의 수가 20,000여 명인 것을 감안하다면 100명이 채 안 되지만 심각한 숫자이기도 했다.

100명의 진성능력자가 죽었다는 뜻이기 때문이다.

진성능력자들이 죽어나간 곳은 대부분 티베트 지역이었고, 동남아시아 국가와 인접한 국경 지역도 만만치 않았다.

'속도가 점점 빨라지고 있다.'

실시간으로 분석이 되며 표시되는 마이너스 숫자가 늘어나고 있다.

금방 1퍼센트에 이르더니, 어느새 3퍼센트를 넘었다.

"요원들에게 주의를 촉구해라. 절대 개인행동을 하지 말고, 세 명 단위로 움직이도록 연락해!"

호장민이 악을 쓰듯 소리치자 상황실의 통제 요원들이 전국에 퍼져 있는 진성능력자들에게 메시지를 띄웠다.

그럼에도 사라지는 속도가 줄어들지 않고 점점 빨라졌다.

'놈들이 일부러 거점을 노출시킨 것이 분명하다.'

인원수는 얼마 되지 않지만 대한민국의 진성능력자들의 수준은 세계 최고라고 할 수 있다.

대한민국을 제외하고 가장 수준이 높다고 알려진 미국의 진성능력자도 일대일로는 상대가 되지 않는다.

　같은 등급일 경우 미국의 진성능력자를 아주 발라 버릴 수 있는 자들이 대한민국의 진성능력자다.

　'이러다가는 전부 당하고 만다.'

　자신의 작전 계획에 참여하고 있는 자들은 정식 절차를 거쳐 각성한 자들이 아니다.

　진성능력자라 할 수 없는 자들이라 둘이서 함께 덤벼도 장담할 수 없는 상태라서 세 명이 한 조로 움직이도록 했다.

　그럼에도 무리를 이루고 있던 푸른 점들이 빠르게 사라지고 있었기에 호장민은 애가 탔다.

　우르르르르르!

　화면에 집중하고 있다가 건물이 갑작스럽게 흔들리자 호장민이 비틀거렸다.

　"지진이 난 거냐?"

　"아닙니다. 멀지 않은 곳에서 대규모 폭발이 일어난 것 같습니다."

　"지금 이 시기에 폭발이라니?"

　피해가 막심한 대형 폭발 사고가 한 해에 몇 번이고 일어나는 중국이지만, 국정원의 반격이 시작되고 있는 때에 일어난 일이라 호장민은 등골이 서늘했다.

　"어디서 폭발이 일어났는지 알아봐. 어서!!"

호장민의 거센 고함에 요원들이 폭발 사고를 파악하기 시작했다.

"부부장님!"

"무슨 일이냐?"

"벙커 창고가 초토화됐습니다."

"뭐, 뭐라고? 화면 띄워!!"

요원들이 죽는 것과는 비교도 할 수 없을 만큼 엄청난 일이 벌어졌기에 화면을 띄우도록 했다.

"저, 저럴 수가!!"

호장민의 입이 저절로 벌어져 다물어지지 않았고, 상황실에 있던 통제 요원들도 마찬가지였다.

최고의 극비 시설로, 삼중으로 설치된 신형 인식 차단 장치와 제갈세가에서 만든 천문금쇄진이 설치된 곳이 바로 벙커 창고다.

핵폭탄이 직격한다고 해도 보관하고 있는 것들은 피해가 가지 않게 만들어진 곳이 초토화된 모습에 다들 할 말을 잃고 있었다.

'대, 대계가 무너졌다.'

10여 년을 준비해 온 모든 것이 무너진 것이나 마찬가지라 호장민은 정신을 차릴 수가 없었다.

"벙커 창고를 중심으로 에너지를 계측해라."

"에너지 계측을 시작합니다."

화면을 들여다보고 있던 호장민의 지시에 정신을 차린 통제 요원들이 에너지를 계측하기 시작했다.

거대한 모니터 위로 새로운 화면이 떠오르고 지형에 맞춰 에너지 스펙트럼에서 나온 자료로 채색이 되고 있었다.

"부부장님! 에너지가 계측되지 않습니다."

"에너지 스톤 반응은?"

"깨끗이 사라진 것처럼 계측되는 지역에서는 하나도 찾아볼 수 없습니다."

"폭심을 벗어난 지역도 계측해 봐라."

"알겠습니다, 부부장님."

통제 요원이 다시 장비를 주변 지역까지 가동했고, 곧바로 결과를 말했다.

"크레이터를 벗어난 지역에서도 에너지 스톤에 대한 반응은 전혀 없습니다."

"젠장할!!"

폭발이 일어났다고는 하지만 에너지 스톤이 단 하나도 남지 않고 사라지는 것은 있을 수 없는 일이었다.

폭발 전에 누군가에 의해 사라진 것이 아니라면 계측기에 잡혀야 정상이다.

누군가가 폭발이 일어나기 전에 손을 댄 것이 분명했다.

"어떤 놈들의 소행인지 찾아라! 반드시 찾아야 한다."

"예, 부부장님."

<u>으드드득!</u>

"부장님께 회선을 돌려라."

"회선을 돌렸습니다."

이를 갈며 외치는 호장민의 목소리에 통제 요원이 다급히 회선을 연결했다.

― 무슨 일인가?

"벙커 창고가 사라졌습니다."

― 그게 무슨 소리지?

"TV를 틀어 뉴스를 보십시오."

― 잠깐 기다리게.

TV를 켜는지 시영후의 목소리가 잠시 들려오지 않았다.

― 내가 지금 보고 있는 것이 사실인가?

"사실입니다."

― 보관되어 있던 것들은 어떻게 됐나?

"누군가 안에 있는 것들을 탈취한 후 폭탄을 설치한 것이 틀림없습니다."

― 확실한가?

"에너지 스톤 반응을 하나도 관측할 없습니다."

― 그렇다면 확실하군. 어떤 놈들인지 확인은 됐나?

"확인 중입니다만, 국정원 놈들의 소행 같습니다."

— 국정원 놈들이?

"우리가 찾아낸 놈들의 비밀 거점에 있는 진성능력자들의 에너지 패턴이 관측되지 않고 있고, 오히려 작전에 들어간 요원들이 제거되고 있습니다. 아무래도 벙커 창고에 있는 것들을 탈취하기 위해 놈들이 일부러 그물에 들어온 것 같습니다."

— 제기랄!! 지금부터 바퀴벌레 섬멸은 중단한다. 가지고 있는 모든 전력을 물건들을 회수하는데 투입하도록. 여기는 내가 해결하도록 하겠다.

"알겠습니다."

시영후는 급하게 지시를 내렸다.

엄청난 희생을 대가로 확보한 것들이 사라진 이상, 국정원의 비밀 요원들을 처리하는 것에 낭비할 시간이 없었기 때문이었다.

— 나는 어르신께 보고를 하겠다.

"예, 부장님."

통신이 끊어진 것을 확인한 호장민은 양손으로 탁자를 짚으며 생각에 잠겼다.

'벙커 창고가 털렸다면 티엔샤 바이오의 지하에 있는 것도 탈취를 당했을 것이다. 거기에 설치된 마법진이나 결계는 벙커 창고에 설치된 것에 비하면 아무것도 아니니까. 놈들은 티엔샤

바이오와 비밀 거점으로 우리의 시선을 돌리고 벙커 창고에 있는 것을 탈취한 것이 틀림없다. 그렇다면…….'

거대한 그물을 치고 물고기 들이 안으로 들어왔다고 생각하는 순간부터 국정원의 진짜 작전이 시작되었다고 생각한 호장민은 고개를 들었다.

"천안문 광장에서 일이 벌어지기 전부터 티엔샤 바이오와 이동 경로를 탐색해라. 뭐든지 의심하고 아주 사소한 것 하나라도 놓치지 마라. 이번 일은 모든 것에 우선한다. 또한 지금 이 시간부터 베이징의 출입을 통제한다. 남아 있는 요원들을 전부 투입하고, 바퀴벌레 섬멸 작전에 투입된 요원들도 북경으로 불러들여라."

빠르게 말이 이어졌고, 통제 요원들은 굳은 안색으로 각자 맡은 역할에 따라 호장민의 지시를 이행해 나갔다.

그렇게 상황실이 분주하게 돌아가기 시작했을 때, 호장민의 보고를 받은 시영후는 허탈한 눈빛으로 사무실 의자에 앉아 있었다.

'벙커 창고가 털렸다면 이곳도 문제다.'

보안이 훨씬 더 강력한 벙커 창고가 털렸다는 사실을 상기한 시영후는 호장민과 비슷한 생각이 들었다.

급하게 자리에서 일어난 시영후는 곧바로 현장 사무실을 나와 공간 이동 마법진이 있는 곳으로 달려갔다.

"준비는?"

"열기만 하면 됩니다."

시영후의 물음에 현장을 총괄지휘 했던 장인보가 대답을 했다.

"지금 진입한다."

"세 시간 이후에 진행하기로 하셨지 않습니까?"

"창고가 털렸다."

"예?"

"그동안 준비했던 모든 것들을 국정원 놈들이 탈취한 것 같다."

"그럼 방금 전에 그 지진이……."

"그렇다. 놈들이 설치한 폭탄이 터졌다. 최대한 빨리 안을 확인해야 한다."

비밀리에 들어가고자 했지만 이제 그게 문제가 아니었다.

"알겠습니다."

건물이 무너졌음에도 아직 온전히 유지되고 있었기에 장인보는 수하들을 시켜 공간 이동 마법진을 활성화시켰다.

그 자리에서 두 사람이 모습이 곧바로 사라졌고, 얼마 지나지 않아 다시 나타났다.

지하 연구소를 확인한 두 사람은 환혼마법을 담당하던 진성능력자와 의료진들이 죽어 있는 것을 보았고, 중요한 존재들이 사라졌다는 것을 확인하고는 곧바로 밖으로 나왔던 것이다.

"곧장 상황실로 간다."

"예, 부장님."

굳은 안색으로 앞서가는 시영후를 따라 장인보가 조심스럽게 뒤를 따랐다.

◈　　　◈　　　◈

심연의 심안이라는 본질을 각성하고 받은 내 사명은 차원 통로를 수호하는 것이다.

세상과 세상을 잇는 차원의 길을 안정적으로 유지하는 것이 바로 내가 받은 사명이다.

1차 각성을 통해 특별한 본질을 각성하고, 강제로 부여된 것이기는 하지만 그다지 거부감은 없다.

다른 세상의 존재들과 교류하며 새로운 것을 접할 수 있을 뿐만 아니라, 더 넓은 세상으로 나아갈 자들을 보호하는 일이다.

지금까지 나에게 벌어진 일들이 누군가의 안배처럼 느껴지는 것도 사실이지만, 이 또한 거부감이 없다.

강력한 차원통제사가 된다면 그만큼 많은 일을 할 수 있을 테니 말이다.

'일단 혼원주를 깨운 후에 확인을 해보자. 이것도 누군가의 안배인지 말이야.'

귀속을 시키기는 했지만 자아가 없어 스스로는 작동하지 않는 혼원주다.

일단 내 의지로 깨워야 할 것 같다.

— 깨어나라!

의지를 일으켜 혼원주를 깨웠다.

혼원주와 연결이 돼서 그런지는 몰라도 제3자의 눈으로 바라보듯 내 몸이 느껴진다.

'으음, 차크라와 연관이 있는 건가? 재미있군. 유물 같은 것이라고 여겼는데 아닌 모양이다.'

혼원주를 이루는 에너지들이 뇌와 심장 그리고 일곱 개의 차크라에 존재하고 있었고, 전부 이어져 있었다.

소유자가 능력을 발휘할 수 있도록 해주는 유물은 절대 이런 식으로 연결이 되지 않기에 흥미가 일어 자세하게 살폈다.

'그것만이 아니다. 다른 것도 함께 존재하고 있다. 폭발이 있었던 곳에서 보았던 그 에너지들과 같은 것인가?'

같은 것이라고 생각했는데 자세히 살펴보니 혼원주의 에너지와 정확하게 평형을 이루며 존재하는 에너지들이 함께 존재하고 있었다.

대폭발이 있었던 곳에서 보았던 것과 같은 형태인 것을 보면 그때 흡수한 에너지들이 분명하다.

'혼원주 역시 누군가의 안배였군.'

양차원과 음차원의 에너지들이 이렇게 완벽하게 평형을 이루고 있다는 것은 본래의 짝이라는 소나나 다름없다.

의도적이지 않으면 이럴 수 없는 일이니 누군가의 손을 탄 것이 분명하다.

'정말 모를 일이군. 에너지 패턴을 이 정도로 다룰 정도의 진성능력자가 존재하기는 하는 건가?'

S급 진성능력자가 초월자라 불리기는 해도 이렇게 완벽하게 조화를 이루도록 에너지 패턴을 다룬다는 것은 있을 수 없는 일이기에 의문이 들었다.

'누구인지 모를 존재가 남긴 안배 같기는 하지만 혼원주가 문제를 일으킬 염려는 없겠군.'

에너지 패턴이 완벽한 평형을 이루며 안정되어 있었기에 염려를 접을 수 있을 것 같아서 일단은 안심이다.

'하지만 그때 얻은 것도 그렇고, 혼원주의 에너지 패턴이 어떤 작용을 하는지는 알 수가 없으니……'

위험이 없다는 생각은 들지만 그냥 에너지 패턴들뿐이라 나에게 어떤 영향을 끼치는지 알 수가 없다는 것이 단점이었다.

'2차 각성을 한 이후에나… 뭐지?'

진성능력자로 각성을 해야만 알 수 있을 것이라는 생각에 관조하는 것을 멈추려 했지만, 이상한 느낌이 들었다.

그것은 조바심 같은 것이었다.

— 뭐지?

— 마스터!

내가 의문을 드러내자 아리의 스승이 남긴 아공간의 자아인 스페이스가 존재감을 드러냈다.

— 무슨 일이지?

— 통합할 수 있는 인식 공간과 에너지 패턴이 발견되었습니다.

처음 자아를 깨울 때를 빼고 줄곧 수동적이었던 스페이스가 아주 적극적이었다.

— 인식 공간과 에너지 패턴의 통합이 가능하다는 건가?

— 그렇습니다.

— 에너지 패턴을 통합한다는 것은 어느 정도 이해가 가는데, 인식 공간은 뭐지?

사실 아공간의 자아가 에너지 패턴을 통합한다는 것도 이해가 가지 않지만, 인식 공간이라는 것이 더 궁금해 묻지 않을 수 없었다.

— 그건 저도 잘 모릅니다, 마스터. 하지만 제가 통합할 수 있는 인식 공간이 있다는 것만은 분명합니다.

'스페이스도 잘 모르는 것이라면?'

잘 모르고 있다면 결론은 둘 중 하나다.

아리의 스승인 김오 박사가 남겨 놓은 것이거나, 그동안 아무도 인식하지 못했던 스킨 패널을 스페이스가 어렴풋이나마 인식하게 됐다는 것이다.

'이거, 통합을 지시해야 할지 갈피를 잡지 못하겠군.'

스페이스에게 지시를 내리면 변화가 생길 것은 분명하다.

문제는 그 변화가 어떤 것인지 예측하기 어려워 결정을 내리기 어렵다는 것이다.

'어차피 그동안 내가 인지하지 못하는 변화가 몇 번 일어났다. 에너지 패턴이 짝을 이루고 있는 것을 보면 분명이 연관이 있을 테니…….'

심안으로도 잘 파악이 되지 않지만 지금까지 진행되어 온 변화의 패턴을 보면 모든 것이 연관이 되어 있었다.

양차원과 음차원의 에너지들이 평형상태를 이루고 있어 그리 위험해 보이지 않기에 시도해 보기로 했다.

— 스페이스!

— 예, 마스터.

— 인식 공간과 에너지 패턴을 통합해라.

— 알겠습니다. 마스터의 명령을 수행하겠습니다.

찌—이이잉!

"끄아아아악!"

스페이스의 대답과 동시에 머리가 울리고, 양팔이 불에 덴 듯 뜨거워졌기에 비명을 지를 수밖에 없었다.

제3자의 눈으로 바라보는 시야에는 붉은 화염이 전신을 휩쓸며 모든 것을 태워 버리고 있었다.

"꺽! 꺽!"

너무 고통스러워 비명이 목구멍으로 넘어간다.

"크으으! 아, 아르고스가……."

시야가 흐려지는 가운데 아이템인 아르고스가 흐물흐물 녹아내리는 것이 보인다.

미치겠다.

아리를 찾기 위해서 아르고스가 필요한데 녹아내리고 있어 애가 탔지만 움직일 수가 없다.

'도대체…….'

의식이 점점 없어지는데 삼환명심법을 사용하려고 해봐도 되지를 않는다.

이대로라면 이내 정신을 잃고 말 것이다.

나에게 무슨 일이 일어나고 있는 것인지 정말 모르겠다.

촤르르르르!

성찬이 정신을 잃자마자 전투 슈트가 전신을 감쌌다.

변화는 그것만으로 끝나지 않았다.

놀랍게도 전투 슈트가 변형을 일으키고 있었다.

건틀릿처럼 양손을 감싼 부분에서 청광과 홍광이 흘러나오고 곧바로 전신을 휘돌았다.

슈슈슈슈슛!

두 가지 광채가 전투 슈트로 곧바로 스며들고, 마치 촉수처럼 튀어나온 것들이 흐물흐물 녹아 흘러내린 아르고스의 잔해로 날아갔다.

촉수들은 마치 빨대처럼 아르고스의 잔해를 집어삼켰다.

검푸른 색의 끈적거리는 액체로 변해 버린 아르고스의 잔해들이 순식간에 자취를 감추었다.

아직 할 일이 남아 있는 듯 전투 슈트의 변화는 그것으로 끝나지 않았다.

촉수들이 줄어들더니 성찬의 전신을 감싸기 시작했고, 조금 전과는 다른 형태의 전투 슈트로 나타나기 시작했다.

머리부터 발끝까지 일체형으로 만들어진 기사의 전신 갑옷과 같은 형태였다.

그리고 검은 광택을 흘리는 전투 슈트는 아이리스가 장착했던 마갑처럼 변해 있었다.

뒤를 이어 특이한 형태의 외장갑이 덧씌워지기 시작했다.

양팔, 양다리, 배, 심장, 그리고 머리 부분에 덧씌워진 장갑들은 피처럼 붉은 광택을 흘리고 있었는데, 전체로 보자면 마치 인간이 갑옷을 입고 있는 것같아 보였다.

촤르르르르!

새로운 전투 슈트, 아니, 마갑이 완성되자 또 다른 변화가 나타났다.

콩알만 한 크기의 큐브 형태로 분해가 되면서 떠받치듯 성찬의 몸이 공중으로 떠오르기 시작했다.

작게 분해되어 검은 광택을 흘리는 큐브들은 크기만 커졌을 뿐 성찬이 러시아의 동굴에서 전투 슈트를 복제할 때 썼던 차원 메탈을 많이 닮아 있었다.

하지만 성찬이 복제할 때 썼던 차원 메탈과 다른 점도 있었는데, 검은 광택 안에 붉고 푸른빛이 감돈다는 것이었다.

슈—슈슛

차원 메탈에서 가느다란 빛이 뻗어 나와 성찬의 전신을 비추었다.

그와 동시에 성찬의 전신에 알 수 없는 문양이 새겨지기 시작했다.

다른 차원에서 유래한 마법진 같으면서도 달라 보였다.

글자 같은 것들이 깨알보다 작게 전신에 새겨지는 가운데, 큐브의 크기가 점차 줄어들고 있었다.

스르르르르.

큐브의 크기가 축소되면서 성찬의 몸도 천천히 아래로 내려 앉기 시작했다.

이윽고 모두 사라지며 만들어진 문양들이 전신을 뒤덮은 탓에 본래의 피부를 확인할 수 없을 정도로 성찬의 몸이 까맣게 변해 있었다.

파츠츠츠츠!

허공에 떠 있는 성찬의 전신에서 붉고 푸른 뇌전이 갑자기 피어올랐다.

그려진 문양을 따라 맴도는 뇌전들 때문인지 검게 변해 버린 성찬의 전신이 차츰 제 빛을 찾아가고 있었다.

완전히 원래의 모습을 찾자 성찬의 육체가 천천히 내려 앉아 바닥에 닿았다.

변화가 끝난 것인지 고통으로 일그러져 있었던 성찬의 얼굴은 평온에 잠겨 있었다.

시영후가 찾아온 후 상황실에서는 통제 요원은 물론, 특별한 능력을 가진 진성능력자들을 불러들여 하루 동안 자료를 조사하는 것에 매달렸다.

벙커 창고의 주변은 물론, 티엔샤 바이오에 이르는 모든 길목에 설치되어 있던 CCTV의 영상 자료를 전부 수거해 조사를 했다.

그러나 인식과 관련한 진성능력자들을 동원해 CCTV의 영상 데이터를 아무리 검색해 봐도 폭발과 관련된 것으로 보이는 자들을 특정할 수 없었다.

화면으로 나타나는 자료들에서 범인들을 찾을 수 없게 되자 곧바로 인공위성을 통해 관측된 에너지 패턴까지 전부 확인을 했다.

무소불위의 힘을 가진 국가안전부의 뜻에 따라 수집된 에너지 패턴 자료들도 남김 없이 조사해 봤지만, CCTV처럼 단서를 찾을 수 없는 것은 마찬가지였다.

트럭을 운전하는 A급 진성능력자의 감각을 벗어났을 뿐 아니라, 중국 전역을 감시하는 감지 장치로도 찾을 수 없는 존재에 대해 시영후와 호장민은 점점 의아심으로 들었다.

그동안 조사한 자료대로라면 은신에 특화된 S급의 진성능력자라 할지라도 발견이 되어야 정상이었기 때문이다.

사실 단서는 있었다.

성찬이 벙커 창고로 잠입하기 위해 철책을 건너뛸 당시, 약간의 패인 자국이 있었다.

그러나 성찬이 설치한 폭탄으로 발생한 거대한 폭발로 인해 남겨진 흔적이 사라져 버린 탓에 아무런 단서를 찾을 수 없었던 것뿐이었다.

"바퀴벌레 섬멸 작전의 피해 상황은 어떤가?"

지금까지의 상황을 보고 받은 후 장고를 거듭하던 시영후가 인상을 찌푸리며 물었다.

"작전에 동원된 요원들 중에 절반 가까이 희생이 됐습니다. 더구나 중관춘에 잠입했던 S급 진성능력자 놈들도 사라져 버린 상태입니다."

"골치 아프군."

뭘 해야 할지 판단이 서지 않자 시영후가 인상을 찌푸렸다.

"이대로라면 잃어버린 자원들을 찾을 수가 없을 것 같습니다."

"방법이 없겠나?"

"그동안 준비해 왔던 것을 동원해 국정원을 직접 상대하는 수밖에는 없을 것 같습니다."

"작전이 성공할 가능성은?"

"반반입니다."

"반반이라……."

사실 바퀴벌레 섬멸 작전에 동원된 자들은 진성능력자들이 아니다.

대변혁 이전에 이면세계를 지배하던 자들이 사라진 후, 그들이 남긴 유산을 통해 각고의 노력 끝에 능력자를 만들어냈다.

2차 각성을 위해 반드시 가야 하는 '그곳'에서 각성한 이들이 아니라, 다른 대차원의 게이트를 활용하여 만들어낸 능력자들이다.

아직 세상에 선을 보이지 않았지만 상당한 전력을 구축하고 있음에도 승산이 반밖에 되지 않다니 고민이 되었다.

생각을 거듭하던 시영후는 결론을 내릴 수 없었기에 호장민의 의견이 듣고 싶어졌다.

"부부장!"

"예, 부장님."

"자원들을 얻기 위해 다시 그 일을 벌일 수는 없겠지?"

"절대 안 됩니다. 그것들을 위해 희생된 인원만 1억 명이 넘습니다. 당시에는 중한전쟁이라는 큰 이슈로 감출 수 있었지만, 지금 그랬다가는 중국이라는 자체가 붕괴될지도 모릅니다. 그리고 놈들이 어떤 것을 더 요구할지 모르는 것도 큰 위험 부담입니다."

"으음."

부랑아나 고아, 공산당에 반하는 세력들을 비밀리에 잡아들여 다른 대차원의 존재들과의 계약을 위한 제물로 바쳐 자원들을 얻었다.

"사람이 자원으로 변해 버린 세상입니다. 더군다나 정보를 통제할 수 있는 것도 아니고 말입니다."

지금은 얼마 없지만 초기의 진성능력자들의 경우 정부의 통제를 벗어난 자들이 상당수 있었다.

특하나 전통적인 무가 출신의 경우 국가보다는 가문을 선택한 경우가 많았다.

초창기보다 차원 교류나 진성능력자들에 대한 정보가 일반인민들에게도 많이 풀려 버린 상황이다.

그런 상황에서 당시처럼 인민들을 희생해 다른 대차원의 존재들과의 계약을 통해 자원을 얻는다면 의심을 살 수밖에는 없을 것이다.

"무엇보다 부장님! 마도 네트워크에 누군가 사람이 실종되어 찾아달라고 올리기라도 한다면, 비슷한 요구들이 수도 없이 올라올 겁니다."

흔들리는 시영후에게 호장민이 쐐기를 박았다.

마도 네트워크라는 말에 흔들리지 않을 수 없었다.

'그것만은 막아야 한다, 자칫 알려졌다가는 정권이 붕괴할수도 있으니 말이다.'

마도 네트워크를 통해 정보가 넘쳐나는 세상이다.

절대 거짓으로 정보를 올릴 수가 없게 되어 있어 호장민의 말대로 사람들의 실종에 대한 것을 올리기라도 한다면 문제가 심각해진다.

정부는 어떤 답변도 할 수 없을 것이고, 그것이 한둘이 아니라 억 단위가 된다면 인민들의 분노는 절대 막을 수 없을 것이 분명했다.

"지금도 정부를 상대로 당시 실종된 사람들의 정보를 요구하는 이들이 많습니다. 그러니 그런 시도는 절대 해서는 안 됩니다."

시영후의 미련을 떨치려는지 호장민이 위험성을 다시 한 번 강조했다.

"마도 네트워크에 그렇게 올라오게 되면 결국은 파멸밖에는 없을 테지."

벙커 창고에 보관된 자원들 중 지구에서 확보할 수 없는 것들은 막대한 희생을 대가로 얻을 수는 있었다.

사회주의국가라고는 하지만 그런 희생을 더 치렀다가는 국가 자체가 붕괴될 수 있을 지도 모르기에 시영후는 선택의 여지가 없다는 것을 깨달았다.

"반드시 되찾아야 하니 진성능력자들을 동원하는 것밖에는 방법이 없겠군. 어떻게 하면 좋겠나?"

"국정원에서 곤두서 있을 테니 진성능력자들을 당장 동원하는 것도 문제가 있습니다. 그러니 그동안 시행해 온 뻐꾸기 작전을 확대하는 것이 좋을 것 같습니다."

"뻐꾸기 작전을 말인가?"

"예, 뻐꾸기 작전을 중심으로……."

호장민은 이야기를 중단하고 텔레파시로 자신이 예비로 준비해 둔 확대 작전의 내용을 설명했다.

대한민국의 정치권과 재계에 제5열을 심고 정권을 바꿔 국정원을 고사시키는 작전에다가 진성능력자를 이용해 내부 혼란을 부추기는 것이었다.

"잘 들었다. 하지만 그동안 놈들이 우리에게서 탈취한 자원들을 사용하면 어떻게 하나?"

"어느 정도 잃어버리는 것은 감수해야 합니다. 그리고 작전이 성공한다면 대한민국 사회 전반에 걸쳐 막대한 피해를 줄 수 있을 테니 결코 손해가 아닙니다."

"알았다. 그럼 자세한 작전을 짜보도록 하지."

상황실의 브레인들의 별도 회의실에 모여 세부 작전을 논의했다.

장기간에 걸쳐 이루어지는 은밀한 작전임을 감안해 철저하게 계획이 세워졌다.

"이 정도면 완벽하다. 어르신께 작전 내용을 보고하고 승낙을 받아오도록 하지."

"꼭 승낙을 받아야 합니다. 지금으로서는 그것이 최선의 방법이니 말입니다."

"알았다."

시영후는 자리에서 일어나 곧바로 상황실을 나섰다.

호장민이 설명한 작전을 실행하기 위해서는 무엇보다 대륙천안의 협조가 필요하기 때문이었다.

여기저기서 들리는 이상한 소리들이 정신을 사납게 만들어 머리가 어지럽다.

알 수 없는 언어들과 기호를 형상화한 것 같은 이상한 소리들이다.

분명 뭔가 뜻을 가지고 있기는 한 것 같은데 도대체 무슨 소리인지 모르겠으니 답답하다.

'그나저나 또다시 정신을 잃었던 건가? 하지만 이건 뭐지? 의식은 정상인 것 같은데 몸은 움직일 수 없으니……'

의식이 뚜렷하기는 하지만 깨어 있는 것은 아니다.

'혹시, 루시드 드림인가?'

자각몽이라 부르는 루시드 드림은 꿈을 꾸는 도중에 스스로 꿈이라는 사실을 알고 꾸는 꿈을 말한다.

꿈을 꾸다가 점차적으로 꿈임을 자각하게 되는 딜드(DILD : Dream-Initiated Lucid Dream)는 아니다.

그렇다고 깨어 있는 상태에서 바로 자각몽 상태로 진입하는 와일드(WILD : Wake—Initiated Lucid Dream)도 아니다.

루시드 드림이라고는 부를 수 없을 것 같다.

루시드 드림이라면 여러 가지 물리적으로 불가능한 현상이나 욕구 등을 의지에 따라 시각화하는 것이 가능하지만, 지금은 오직 소리만 들릴 뿐이니 말이다.

더군다나 루시드 드림이라면 꿈의 내용에 의식적으로 내가 개입하거나 그 내용을 조정하는 것도 가능한데 그렇게 할 수도 없으니 절대 아니다.

'도대체 무슨 상태인지……. 미치겠군.'

강의를 하듯 일방적으로 들려오는 여러 가지 소리를 들어야 하는 것은 고역이나 다름없다.

'뭐지?'

그렇게 한참을 듣다가 뭔가 달라졌다.

전혀 이해가 되지 않는 언어와 신호들의 의미를 알 수 있을 것 같다는 느낌이다.

인식을 하자마자 이해가 된다.

'어, 어…….'

의식에 각인되듯 쑤셔 박히는 정보의 홍수에 머리가 터질 것 같다.

'끄아아아악!!!'

지금까지 겪어왔던 정보들과는 차원이 다른 고통이 몰려

왔다.

'크으으윽, 이런 미친 현상은 뭐지?'

고통을 이기지 못하고 정신을 잃었을 때가 정말 부러울 지경이다.

언어들이 겹쳐지고, 신호들이 하나의 그룹을 이루며, 차원과 대차원, 그리고 권능과 초월자에 관한 막대한 정보가 전해진다.

'크, 혼원주에 담겨 있던 것이 정보였던가?'

아홉 가지 특이한 에너지로 뭉쳐져 있던 혼원주에 담긴 것이 차원 에너지 같은 것이 아니라 정보였을 공산이 크다.

미처 다 인식하지 못할 정도로 엄청난 양의 정보가 고통과 함께 의식 속에 새겨지고 있다.

탐지기로 정보를 받았을 때는 에너지가 떨어지기를 기다릴 수 있었지만 지금은 그럴 수도 없다.

계속해서 정보가 쏟아지고 있지만 도대체 끝날 기미가 보이지를 않으니 말이다.

'크윽, 이대로라면 의식이 붕괴되고 만다.'

고통이 줄지 않고 점점 더 생생하게 느껴지는 터라 방법을 찾아야 했다.

내가 이 위기를 벗어날 방법은 딱 하나뿐이다.

삼환명심법으로 의식을 나누어 정보와 고통을 나누어 받아들이는 방법밖에는 말이다.

'서, 성공이다. 젠장! 끄아아아악!'

삼환명심법이 운용되며 다행스럽게도 다섯 개의 의식이 일어나 안심했지만, 그것도 한순간이었다.

기존의 상황이 둑에 한 개의 구멍이 뚫린 것이었다면, 지금 상태는 아예 거대한 구멍을 뚫은 거나 마찬가지가 되어 버렸다.

흘러들어오는 정보의 양이 차원을 달리했고, 고통 또한 마찬가지였다.

정신을 잃지 않은 채 그 모든 것을 감내해야 하는 나로서는 정말이지 미칠 지경이다.

시간이 얼마나 흘렀는지도 모르겠다.

[로딩을 시작합니다.]

고통이 가라앉기 무섭게 뜬금없는 소리가 뇌리를 울린다.

[아공간을 통합합니다.]

[순위에 따라 자원을 재배분합니다.]

[마도역학을 인스톨합니다.]

[마도공학을 인스톨합니다.]

[통합 의식을 활성화 합니다.]

[각 개체별 에고를 활성화합니다.]

[에고를 통합합니다.]

[통합 의식과 에고를 병합합니다.]

[로딩이 완료되었습니다.]

[인식 작업을 위한 세팅이 준비되었습니다.]

알 수 없는 소리가 연이어 뇌리를 울려 댔다.

'도대체 이게 무슨 상황이지.'

나에게 무슨 일이 일어났는지 도무지 상황을 파악할 수가 없다.

— 마스터!

이해할 수 없는 상황에 머리를 흔들자 익숙한 소리가 들려온다.

전보다 선명하고 마치 사람의 목소리를 듣는 것처럼 뚜렷한 소리다.

— 스페이스?

— 그렇습니다, 마스터.

— 방금 내가 들은 소리는 다 뭐냐?

— 마스터께서 귀속시킨 아공간들과 에고가 통합되어 마스터의 의식에 인식된 것입니다.

— 그건 들어서 알고 있는데 그게 뭐냐는 말이다.

— 지금까지 마스터께서 얻은 모든 것을 완벽하게 사용할 수 있게 되었다는 뜻입니다.

— 내가 얻은 것이라니?

— 방대한 양이니 통합된 의식에 대한 정보를 전송하고자 하는데 승인하시겠습니까?

― 승인한다.

단순한 전달로는 표현할 수 없다는 뜻 같기에 스페이스의 제안을 승인했다.

― 마스터의 승인에 따라 통합 의식에 대한 정보를 전송합니다.

찌릿!

의식 속으로 정보가 들어오고 있지만 약간 어지러운 것을 빼면 조금 전처럼 고통이 찾아오지는 않았다.

장대한 정보임에도 들어오는 족족 의식 속에 인식되고 있어 놀라울 뿐이다.

제 4 장

정보가 인식이 될수록 놀라움뿐이다.

지금까지 전해진 지구의 마법과는 전혀 다른 새로운 차원의 것이었다.

― 대단하군. 스페이스, 나에게 전송한 정보가 정말 사실이냐?

― 사실입니다.

사실이라는 스페이스의 말에 정신을 차릴 수가 없었다.

마도학을 인식함으로 인해 전투 슈트의 효율성이 몇 배나 높아졌다.

덕분에 1차 각성자에 불과한 내가 진성능력자에 버금가는 힘을 가지게 됐다.

제대로 활용을 하기만 한다면 전력상 최소로 잡아도 S등급의 능력을 발휘할 수 있게 되었으니 말이다.

─ 내가 귀속을 시킨 것들이 본래부터 다 연관이 되어 있었던 거냐?

─ 맞습니다. 마스터께서 지금까지 얻으신 것들은 대변혁을 주관한 존재가 지구를 위해 안배한 것들입니다.

세상을 변화시킨 존재가 준비한 안배를 얻게 되다니, 도무지 믿을 수가 없지만 엄연히 사실이다.

─ 그러니까 이전 차원들을 움직이게 했던 양차원과 음차원의 차원 에너지도 그렇고, 여명의 빛, 혼원주, 스페이스, 차원 메탈, 그리고 스킨 패널 모두가 그 존재의 안배에 의해 남겨진 것이라고?

─ 그렇습니다, 마스터.

스페이스의 말이 사실이라는 것을 더 이상 확인하지 않아도 알 수 있었다.

'아버지가 만들어낸 차원 메탈도 그렇고, 이 어마어마한 것들이 모두 대변혁을 주관한 존재가 남겨놓은 안배라니? 어떤 방식으로 나에게 한 번에 전한 것이지? 그리고 도대체 무엇 때문에 남겨놓은 거지? 정말 모르겠구나.'

2차 각성을 통해 진성능력자가 된다면 또 다른 가능성이 개방되게 되어 있었던 터라 의도가 궁금했다.

― 마스터, 그 이외에도 두 가지를 더 이곳 지구에 남겨놨습니다.

― 또 있다는 말이야?

지금까지 얻은 것들도 엄청난데 또 있다니 무척이나 흥미롭다.

― 대변혁을 주관한 존재는 지구에 총 아홉 개의 안배를 남겼습니다. 지구 대차원에 속한 차원들의 에너지를 응집시켜서 만든 것들입니다. 지금까지 마스터께서 귀속시킨 일곱 개를 제외하고 아직 두 개가 남아 있습니다.

― 남아 있는 그 두 가지는 뭔데?

― 저도 존재한다는 것만 알 뿐, 그것들에 대한 정보는 아직 개방되어 있지 않습니다. 다만, 아직 인연이 닿지 않은 상태이지만 그것들도 마스터께 귀속될 것이라 보여집니다.

대변혁을 일으킨 존재가 남긴 안배 아홉 개가 나에게 귀속된다는 소리지만 연유를 알 수 없었기에 탐탁지가 않았다.

― 스페이스! 나에게 이런 일이 벌어지는 이유가 뭔지 아는 건 없어?

― 그것은 저도 알 수 없습니다. 그렇지만 마스터의 사명과 관련이 있을 것이라는 것이 제 판단입니다.

― 후우, 알았다. 생각을 좀 해본 후에 다시 이야기를 나누도

록 하지.

― 알겠습니다, 마스터.

스페이스와의 대화를 끝냈다.

S등급의 능력을 발휘할 수 있다는 설렘도 잠시였다.

이 모든 것이 누군가의 안배라는 말에 정신을 차릴 수 있었
다.

이 정도 안배라면 예사로운 일이 아닐 테니 말이다.

'하지만……'

전보다 훨씬 진화된 의식을 가진 스페이스지만, 내게 귀속된
것들에 대한 정보도 충분하지 않은 것 같다.

그리고 안배를 남긴 존재의 의도도 알고 있지 못한 것 같아서
고민이다.

스페이스가 알고 있었다면 내게 귀속된 이상 말해주었을 테
니 말이다.

'지금까지 대변혁의 원인에 대해서 알려진 것이라고는 지구
가 성장을 해서 대차원과 연결되었다는 것뿐이다. 1차 각성을
하면 다들 본능적으로 그것을 느꼈으니까 그건 틀림없는 것 같
고, 그럼에도 안배를 남겨 놨다는 것은 뭔가 더 있다는 소리인
데……. 그렇다면 지구가 속한 대차원이 아니 다른 대차원과 연
결이 될 때 발생할 문제를 해결하기 위해서 안배를 남긴 건가?'

내가 받은 사명이 차원을 잇는 통로를 수호하는 것이다.

대변혁을 주도한 존재가 안배를 남긴 것을 보면 다른 대차원과의 연결 시 상당한 문제가 발생할 것이 분명했다.

'지금까지 다른 대차원과 연결되는 게이트를 닫아왔지만 열린 곳도 있을 것이다. 그렇지만 그동안 별다른 문제는 발생하지 않았는데……'

어떤 문제가 발생할지 모르지만 하나 같이 엄청난 것들을 안배로 남겼기에 의문이 아닐 수 없다.

전송받은 정보의 내용대로라면 내가 귀속시킨 것들은 가히 신물이라고 말할 수 있으니 말이다.

'그건 그렇고, 시간이 얼마나 지났는지 모르겠군.'

정신을 얼마나 잃었는지 모르겠지만 상당한 시간이 지난 것은 분명하기에 안가를 나와 곧장 맨션으로 올라갔다.

'으음, 벌써 이틀이나 지났군.'

디지털 시계에 나타난 정보를 보니 2일 하고도 여섯 시간이 지나 있었다.

'일단 상황이 어떻게 진행이 됐는지 살펴보자.'

너무 많은 시간이 지났기에 상황이 어떻게 변한지 몰라 곧바로 호장민을 생각했다.

'으음. 통합 의식이라는 것이 이런 거였던가?'

호장민은 아직도 상황실에 있었다.

아르고스를 호출하지 않았는데도 상황실이 보이는데, 마치 그곳에 내가 있는 것처럼 아주 선명하다.

'상황판이 많이 바뀌었군.'

거대한 상황판에 나타난 것은 한반도와 만주, 그리고 연해주 일대였다.

상황판에 배치된 전력을 보니 아무래도 국정원에 크게 당하고 난 뒤 대한민국을 대상으로 한 보복 작전이 시작되려는 모양이다.

자세한 내막을 알아야 했기에 정신을 집중해 상황실에서 벌어지는 일들을 살폈다.

'재미있군. 내가 털어먹은 것들을 국정원에서 한 것으로 착각한 건가? 전쟁을 준비하는 것이 아니고, 놈들이 잃어버린 것들을 되찾으려는 것은 그나마 다행이로군.'

호장민과 국가안전부 부장인 시영후라는 자의 대화를 들어보니 내가 혼원주를 흡수하고 난 뒤에 상황이 아주 많이 바뀐 것 같다.

벙커 창고를 전부 털린 것이 더 중요했는지 그것을 찾기 위한 공작을 준비 중인 것을 보면 말이다.

'대한민국 내부에 제5열을 키우려는 것을 보면 오래 걸리는 작전이군. 급한 상황인데도 만만디라는 건가?'

통상을 통해 경제적인 접근을 먼저 한 후에 대한민국 정부와 국회에 자신들의 세력을 심는 작전에 대한 논의가 이루어지고 있었다.

아주 치밀하게 작전을 짜고 있었지만, 대변혁 이후 고위층이나 기득권에 대한 대대적인 숙청이 이루어진 대한민국에서 세력을 심는다는 것이 쉽지 않은 일이다.

'한두 번 있는 일도 아닐 테고 국정원에 주의만 기울여 두면 될 것 같다.'

대변혁이후 국정원은 국내의 일에 거의 관여하지 않지만 두 가지는 예외다.

국외의 세력이 관여되어 있거나, 차원 문제에 관해서다.

아주 일부분은 성공하겠지만 국정원이 움직이기 시작하면 거의 대부분은 차단될 것이다.

'국정원으로 메시지를 전송해 볼까?'

생각하자마자 호장민이 있는 상황실에서 시도하는 해킹 신호가 곧바로 잡힌다.

'후후후, 근처에 가지 않아도 곧바로 신호를 잡을 수 있다니, 이것도 재미있군.'

— 국안부 제5열 작전 시행. 대상 대한민국. 국안부 제5열 작전 시행. 대상 대한민국. 경제 통상 라인 주의. 경제 통상 라인 주의!

곧바로 해킹 신호에 메시지와 함께 내 코드를 심었다.

'비밀 거점에 대한 정보를 신뢰하고 움직였을 테니 이번에도

믿겠지.'

국정원도 바보는 아니다.

내 신호를 받았다면 나름 준비를 할 것이다.

'어쩌면 내가 준 정보를 토대로 역으로 작전을 짤지도 모르고 말이야.'

지금까지 중국으로 토대로 벌인 작전을 봐서는 내가 생각하고 있는 일이 일어날 확률이 높다.

사전에 차단을 하느니 감시하며 기다리다가 몇 십 배로 돌려주는 것이 국정원의 방식이니 말이다.

'그런 이번에는 그곳을 살펴볼까?'

천부를 언급하는 것을 보니 호장민의 소개로 만났던 자를 만나러 갔다.

'으음…….'

인지하고 있는 자이기에 살펴보기 위해 생각을 했지만 전혀 잡히지가 않는다.

뭔가에 가려진 것처럼 뿌옇게 흐린 모습만 나오고 아무것도 나타나지 않는다.

'결계를 친 건가? 으음, 전보다는 나아졌지만 지금 능력으로도 자세하게 살펴볼 수 없다면 초월적인 영역에 속한다는 건데, 내가 만났던 그자가 초월자였던 건가?'

대변혁을 주관한 존재가 남긴 것으로도 살펴볼 수 없다는 것은 그만한 존재가 드리운 결계가 쳐져 있다는 뜻이기에 답답한 마음이 들었다.

'아무래도 섣불리 생각할 자는 아니로군. 그렇다면 아리는 어떤지 살펴보자.'

아리에 대해 생각을 해봤지만 아예 까맣게 먹통이다.

'으음, 어떤 존재가 있어 이렇게 강력한 결계를 친 거지?'

지하에 만들어진 자금성은 어느 정도 윤곽을 볼 수 있었지만 아리가 있는 곳은 칠흑처럼 검기만 한 것을 보니 조금 두렵다는 생각이 들었다.

결계를 만든 존재가 초월자는 넘어선 것 같으니 말이다.

'현무의 말대로라면 아리에 대해서는 걱정할 필요가 없다. 이제 어느 정도 정리는 끝난 것 같으니 센터 일을 해결하고 한국으로 돌아가도록 하자.'

타클라마칸에서 수행한 작전으로 센터에 제5열이 있다는 확신이 들었지만 이번 일이 휘말려 그동안 제대로 된 조사를 하지 않았다.

놈들이 대한민국에 제5열을 심기위해 움직이기 시작한다면 문제가 될 수도 있기에 조사를 빨리 끝내기로 했다.

곧바로 엘리베이터를 타고 맨션을 나섰다.

지하주차장으로 가서 주차되어 있는 차 중에 하나를 타고 오룡대반점으로 향했다.

장호와 만남을 가졌던 오룡대반점은 하오문이라 불리는 곳의 총본산이다.

하오문은 조직 폭력을 기반으로 움직이는 흑사회와는 다른 방법으로 중국의 암흑가를 장악하고 있다.

이곳에 온 이유는 바로 그 하오문의 문주인 유백상을 만나기 위해서다.

오룡대반점으로 가서 지하에 있는 귀빈용 주차장으로 차를 몰았다.

차를 주차하고 내려서자 엘리베이터가 내려와 멈춰 섰는데 놀랍게도 유백상이 나왔다.

"어서 오십시오."

"여기에 아직 머무르고 있다니 의외군."

"북경의 기류가 워낙 심상치 않아서 자리를 뜰 수 없었습니다. 자칫 놈들의 촉수에 걸려든다면 모든 것을 잃을 수도 있으니 말입니다."

"그렇기는 했겠군. 하오문주로서 위험을 회피해야 했을 테니 말이야."

유백상이 이렇듯 조심하는 것은 오랜 경험이 전해 내려오기 때문이다.

대륙을 지배하는 화하족의 수호 세력이 바로 대륙천안이다.

하오문은 대륙천안과 오랫동안 서로를 적대시해 왔다.

서로의 존재를 말살하기 위한 피 말리는 전쟁을 천 년이 지난 지금까지 계속 해오고 있다.

이 둘의 관계가 불공대천의 관계가 된 것은 하오문이 원래 유민들이 만든 문파이기 때문이다.

나라나 부족을 잃고 떠도는 유민들의 삶은 정말 피폐하기 그지없어 도둑이 되거나, 몸을 팔거나 할 수밖에 없었다.

가장 밑바닥을 살아가는 터라 스스로를 보호하기 위해 모일 수밖에 없어 만들어진 문파가 바로 하오문이었다.

그에 반해 대륙을 지배하는 암중 세력인 대륙천안은 한족이라 불리는 화하족이 만들었다.

대륙천안은 화하족이 나라를 세우면 끊임없이 대륙에 존재하는 민족들을 핍박하고 복속시켜 왔다.

'대륙천안은 그동안 자신들에게 위협이 될 만한 것들은 아무리 오랜 세월이 걸리더라도 제거해 왔고, 상대를 철저히 탄압했지. 그런 와중에 발생한 유민들이 만든 조직이 바로 하오문이고, 본격적으로 대륙천안과 맞붙기 시작한 것은 발해가 멸망을 당한 이후였지.'

고구려 유민이 하오문의 싹을 틔웠다면 발해 유민들은 그 줄기를 형성했다. 발해의 유민들은 끊임없이 나라를 다시 찾으려 했고, 대륙천안과 충돌을 할 수밖에 없었다.

본격적인 전쟁은 몽골이 세운 원이 세상을 지배하고 나서부터였다.

워낙 강성한 제국을 형성한 원의 기세에 대륙천안도 지하로 잠적할 수밖에 없었는데, 하오문과 필연적으로 충돌할 수밖에 없었다.

제국을 암중에 운영할 정도로 거대한 세력을 구축하고 있었던 대륙천안이었다.

두 세력 사이에 본격적인 전쟁이 시작되자 대륙천안은 상대가 안 되었다.

대부분 대륙천안의 승리로 끝나버린 탓에 하오문이 지금까지 음지를 벗어나지 못하고 있다.

그러니 생각보다 움직임도 신중을 기할 수밖에 없는 것이 현실이다.

'하오문에게 놈들의 행적을 추적해 달라고 하는 것이 무리이기는 하겠지만…….'

타클라마칸의 일로 찾아낸 자들에 대해 조사를 부탁하고 싶지만 하오문의 사정상 여의치 않을 것 같다.

그렇지만 내가 직접 움직이는 것보다는 나을 것 같기에 한 번 부탁을 해봐야 할 것 같다.

"들어가시죠."

"그러지."

내가 생각에 잠겨 있자 유백상이 주의를 환기시키듯 말을 걸었다.

앞서 가는 그를 따라 엘리베이터를 타고 오룡대반점 안으로 들어갔다.

유백상이 안내한 곳은 하오문주 머무는 곳이었다.

하오문주는 위험성 때문에 따로 집무실을 두지 않는데 북경에 머무를 때면 사용하는 임시 집무실이었다.

"오늘은 무슨 일로 찾아오셨습니까?"

"알아볼 자들이 있어서. 그런데 가능할까 모르겠군."

"말씀만 하십시오."

"대륙천안과 관계되어 있는 자들인데도 괜찮나?"

"으음."

'고민이 되는 모양이군.'

유백상에게 5대 전 문주가 남긴 하오문 최고 무공인 천화난비를 넘겨주고 받은 대가가 태상이라는 직책이다.

명목상 문주의 위에 있는 신분이지만 정보를 무상으로 얻을 수 있는 것 말고는 그리 큰 권한은 없다.

그래서인지 하오문의 가장 큰 숙적인 대륙천안에 관한 것인지라 예상대로 고민이 되는 모양이다.

"조사를 해보도록 하겠습니다."

"하오문이 아주 위험할 수도 있는데 괜찮나?"

생각보다 쉽게 제안을 승낙했다.

대륙천안이 지금도 하오문을 찾기 위해 혈안이 되어 있었기에 유백상의 이런 선택은 쉽지 않은 일이었다.

"전해 주신 것으로 문도들이 성장한 터라 이제 어느 정도 위험을 감당할 만하게 되었습니다. 말씀 하신 대로 위험하기는 하겠지만 이번에 한 번 시험을 해보는 것도 좋을 것 같습니다."

쓸 만한 무공과 내공심법이 없어서 좋은 영약들을 가지고 있어도 제자들의 힘이 미약했던 하오문이었다.

1년 전에 내가 유백상에게 넘겨 준 것은 천화난비뿐만이 아니다.

그 이외에도 고구려와 발해의 왕족들이 익히던 다양한 내공심법과 무공들을 전해주었다.

간부들과 제자들에게 익히도록 한 것으로 알고 있는데 저렇게 말하는 것을 보면 제법 성과가 좋은 모양이다.

"쉽지 않은 결정이었을 텐데 고맙군."

"아닙니다. 그동안 말씀이 없으셔서 움직이지 못하고 있었지만 준비는 하고 있었습니다."

"대륙천안과 전쟁을 치를 생각인 건가?"

준비를 하고 있었다고 하니 놀라운 일이다.

하오문도들은 피눈물 나는 삶을 살아가게 만든 장본인이기에 대륙천안에 대한 적개심이 아주 크니 이해 못할 것은 아니지만 아직은 아니다.

명대에 이르러 거의 세력이 약해져 있었던 터라 만주족이 건국한 청이 들어섰음에도 제대로 세력을 키우지 못한 하오문이다.

대륙천안은 만주인들을 높은 문화 수준을 바탕으로 교화시키면서 한편으로는 하오문을 경계해 말살 작업을 지속했다.

기본적으로 대륙천안에 비해 열세인 전력을 가지고 있기에 몸을 사리던 조직인데 뜻밖의 반응이다.

"언젠가는 치러야 하겠지만 아직은 아닙니다. 전력도 더 확충을 해야 하고, 태상께서 준비가 되셔야 하기에 기다릴 생각이었습니다."

"으음."

명목상의 태상만이 아니었다는 뜻이기에 유백상의 의도가 궁금했기에 일부러 물었다.

"나를 진정 태상으로 여기는 건가?"

"처음 뵐 때부터도 그랬고, 앞으로도 태상께서는 하오문의 하늘이십니다."

심안이 진실임을 알려오니 유백상의 말은 사실이다.

그야말로 나에게 하오문의 모든 것을 걸고 있는 것이 확실했다.

"내가 준비가 될 때라는 것이 혹시 2차 각성을 말하는 것인가?"

"맞습니다."

"내가 2차 각성을 한다고 해도 승산이 그리 높지는 않을 텐데?"

대륙천안과의 전쟁을 위해서는 초월자가 필요하다.

S급 진성능력자들을 상대해야 하고, 대륙천안을 지배하는 자를 상대하기 위한 최소한의 기준이다.

내가 2차 각성을 한다고 해도 한계가 있으니 승산은 보나마나다.

"승산은 따지지 않습니다. 설혹 패한다고 해도 오랜 세월 가슴깊이 남아 온 한을 풀 수는 있을 것이니 말입니다."

이 말도 사실이다.

대륙천안과 뿌리 깊은 원한이 있는 것은 알지만 이 정도일 줄은 몰랐다.

"알았다. 그건 그때 가서 따져 보기로 하고, 내가 알아보라고 한 자들에 대한 정보나 자세히 파악해 보도록."

"알겠습니다. 어떤 식으로 움직였는지, 또 무엇을 위해 그리 했는지 알아내 말씀을 드리겠습니다."

"고맙다. 그럼 나중에 보도록 하지."

"예, 태상."

공손히 허리를 굽혀 인사를 하는 유백상을 뒤로 하고 집무실을 나섰다.

'5대 전 문주가 남긴 유언을 완전히 신뢰하는 모양이군. 도박이나 마찬가지인데 말이야.'

진성능력자의 추격을 받고 숨어든 북경의 옛날 하수구에서 5대 전의 하오문주가 남긴 유진을 얻을 수 있었다.

유진에는 하오문의 후대에게 전하는 서찰도 함께 있었는데, 하오문주에게 전하는 것이었다.

서찰에는 천하은비를 전하는 존재를 태상으로 받들고, 하오문의 운명을 맡기라고 유언을 남겼다.

세상이 변하기 전의 일이라서 지키지 않아도 그만인 것을 굳이 지키려는 것을 보니 내가 모르는 뭔가가 더 있는 것이 분명했다.

'하오문이 놈들에 대한 정보를 알아내는 데는 일주일이면 충분할 거다. 먼저 비공기를 수리하고 장호도 집중적으로 살펴보자.'

어느 정도 생각을 정리하고, 지하주차장을 나선 후 팔달령에 있는 창고로 향했다.

일주일 후면 중국을 떠나야 한다.

정상적인 방법으로 중국을 벗어나는 것은 아주 까다로울 수가 있으니 미리 비공기를 준비하기 위해서다.

오룡대반점을 찾기 전에 비공기를 수리하기 위해 아공간에 장비들을 담아두었기에 수리에는 문제가 없었다.

성찬이 떠난 후 유백상은 심유한 눈빛으로 앞으로의 일을 생각했다.

오래 전부터 문주에게만 내려오는 진언을 되새기며 앞으로의 어떻게 움직일지 마음을 다졌다.

"세상 모든 일이 그분이 남긴 예언대로 되었다. 이제 태상도 우리를 믿기 시작했으니 예언을 믿고 따르기만 하면 된다. 그래야 힘을 잃고 핍박받는 소수 민족들이 새로운 세상에서 다시 설 수 있다."

하오문은 명대에 이르러 가지고 있던 대부분의 힘을 잃어버렸다.

청나라가 세워진 이후에도 대륙천안의 계속되는 핍박에 하오문은 거의 궤멸에 이르기까지 했다.

하오문이 그나마 이렇게 명맥을 이을 수 있었던 것은 5대 전의 하오문주는 신인에 가까운 사람이었기 때문이다.

여자의 몸으로 문주의 자리에 오른 그녀는 무공도 무공이지만 미래를 예지할 수 있는 특별한 능력을 가지고 있었다.

예지 능력으로 대륙천안의 촉수를 피할 수 있었고, 문파를 유지할 수 있었기에 그녀는 하오문도들의 전폭적인 신임을 얻을 수 있었다.

그렇게 맹신에 가까운 신임을 얻은 그녀는 하오문의 존속을 위해 특단의 조치를 취했다.

그녀는 하오문이 가진 모둔 무공을 거두어들이고, 한 가지 예언과 함께 특별한 능력을 가진 문도들을 통해 암흑가에 숨겨 버렸다.

마치 예견이나 한 것처럼 그녀의 조치가 있은 지 얼마 지나지 않아 대륙천안이 본격적으로 움직이기 시작했다.

'미리 움직이지 않았다면 모두 몰살을 당해 뿌리도 남지 않았을 것이다.'

대륙천안은 하오문도들을 청나라 조정에 반청복명의 반도들로 알려지게 만들었다.

청나라는 아주 철저했다.

대륙천안이 제공한 정보를 토대로 무공을 지닌 하오문도들은 찾아 말살을 시켰다.

그나마 살아남은 문도들은 무공을 익히지 않았거나, 한 번도 활동을 하지 않은 이들뿐이었다.

하오문주도 청나라의 표적이 되었지만 그가 마련한 금선탈각의 계책으로 간신히 살아남을 수 있었다.

하오문주는 그녀가 남긴 계책에 따라 대륙천안이 장악하고 있던 암흑가에 더욱 숨어들 수 있었고, 그 때문에 지금까지 하오문을 유지해 올 수 있었다.

무공을 사용하는 하오문도들이 모두 사라져 버렸다.

그것 때문에 대륙천안은 방심을 했고, 하오문의 문도들은 덕분에 암흑가에 숨어 지금까지 명맥을 이어올 수 있었던 것이다.

하오문도들은 그냥 숨기만 한 것이 아니었다.

하오문주는 대대로 전해지는 유언대로 대륙천안이 핍박하는 소수민족을 은밀히 끌어들였고, 지금까지 암암리에 세력을 규합해 왔다.

그리고 유백상은 성찬으로부터 문주지공인 천화난비의 원본을 전해 받은 후 남겨진 잔류사념을 통해 신녀라 불린 5대 전의 무주의 진짜 유언을 전해 받을 수 있었다.

그에게 전해진 것은 대변혁 이후에 바뀐 세상을 어떻게 살아갈지에 대한 것이었다.

5대 전의 문주는 진실을 살피고 앞날을 개척해 나가는 신인의 자질을 가진 성찬의 등장을 예언하고 있었다.

그를 진심으로 따를 때만이 대륙천안보다 무서운 존재들로부터 하오문도들을 지킬 수 있는 길임을 말이다.

"그분의 예언대로라면 대륙천안은 한낱 지나가는 과정일 뿐이라고 했으니, 우선 말씀하신 것부터 처리하자."

오래전에 유백상은 가부좌를 틀고 텔레파시를 보냈다.

성찬을 만나기 전까지는 없던 능력이었지만 천화난비라는 유물급 무공비급을 얻은 후 본의 아니게 각성을 하면서 얻게 된 능력이었다.

— 총사, 태상께서 마음을 여셨다.

— 정말입니까?

텔레파시를 받은 총사란 이가 놀라 되물었다.

— 그래, 사실이다.

— 이제 본격적으로 시작을 하는군요, 문주.

— 그래, 하지만 지나가는 과정일 뿐이다. 너도 태상께서 전해준 것을 최대한 빨리 수습하도록 해라.

— 사조께서 안배하신 것이라 유물의 자아를 먼저 흡수한 덕분에 거의 끝나가고 있습니다.

— 그래 다행이다. 사조께서 모든 것을 다 바쳐 전한 것이니 다른 이들도 최선을 다하도록 전해라.

— 알겠습니다. 문주.

— 그럼 지금부터 태상의 첫 번째 명령을 전하겠다.

— 말씀하십시오.

— 대륙천안과 관련된 자들을 조사하는 것이다. 차질 없이 수행할 수 있도록 해라. 그럼 지금부터 조사할 자들에 대한 정보를 전하겠다.

유백상은 자신의 딸이자 하오문의 총사를 맡고 있는 유미령에게 싱찬이 준 정보를 전하기 시작했다.

자가 수복 기능이 있어 완전히 망가져 쓰지 못하는 것만 교체하면 그만이었기에 비공기의 수리는 몇 시간이면 충분했다.

비공기를 타고 안가로 갈 수도 있었지만 감시망이 몇 배는 강화된 터라 일부러 위험을 자초할 필요가 없어 팔달령 창고에 그냥 두었다.

안가로 돌아갈 때는 호장민이 감시하고 있을지도 몰랐기에 심안을 유지한 채 움직였다.

대중교통을 이용해 무사히 안가로 돌아간 후에 인큐베이터를 살펴보니 세 사람은 투사체 개발에 박차를 가하고 있었다.

'일단 세 사람과 인식했으니 인큐베이터를 계속 살필 수가 있겠다. 어떤 식으로 작동하는 것인지 대충은 알겠으니 이제부터 장호가 어떤지 살펴보자.'

통합 의식이라는 것이 내가 주의하지 않아도 다른 정보들을 인식하고 저장한다.

감환명심법으로 분리된 의식들이 하는 주된 역할이다.

계속해서 지켜볼 필요가 없어졌기에 아공간에서 장호가 들어 있는 캡슐을 꺼냈다.

차원 통제사

'으음, 어디 보자. 그리 어렵지 않군.'

혼원주로 인해 통합된 의식을 통해 더미의 육체에 장호의 뇌와 의식을 인식시켰던 네크로맨서의 봉인된 기억을 대부분 열 수 있었다.

더불어 스페이스가 알고 있는 마도학도 인식이 되어 장호에게 진행된 이식 작업에 대해 이해하는 것은 그리 어렵지 않았다.

'네크로맨시와 흑마법, 그리고 현대의 유전 공학의 결합된 고난이도의 마도 공학이 적용돼서 그런 건가? 이 정도면 장호가 깨어날 날도 그리 멀지 않는 것 같군.'

이식된 장호의 뇌가 안정적으로 더미의 육체에 인식된 덕분인지 의식과의 동화율이 70퍼센트를 넘어가고 있었다.

매우 안정적으로 결합을 이루어지고 있어 중국을 떠날 때쯤이면 완벽하게 동화될 것 같다.

'그나저나 흑마법을 완벽하게 구사한 것을 보면 아주 고위급 능력자인 것 같은데······.'

장호에게 펼쳐진 것은 한마디로 말해 마도학의 정수라고 할 수 있다.

마도학이라는 것이 지구에 존재하기는 하지만 장호에게 펼쳐진 것에 비하면 아주 미미한 수준이다.

다른 차원의 존재가 적극적으로 이 일에 관여하고 있다는 반

중이나 다름없다.

'다른 차원의 정보라……'

다른 차원에 대한 정보는 국가 간 협정에 의해 각국에서 철저하게 통제되고 있는 중이다.

심지어는 센터에서조차 알지 못하는 정보가 있을 정도니 다른 차원의 정보를 얻는다는 것은 아주 어려운 일이다.

'후우, 아직은 지구 밖의 정보를 알 수 있는 루트가 없으니, 정말 답답하군.'

이번 일에 관여하고 있는 다른 차원의 협력자가 누구인지 알 수 있는 방법은 거의 없다고 할 수 있기에 조금 답답한 느낌이 들었다.

'어차피 2차 각성을 하게 되면 다른 차원의 정보를 어느 정도 알게 될 테지만, 그것만으로는 상황을 파악하는데 부족할 수가 있다. 최대한 정보를 모아보도록 하자.'

통합 의식이 아르고스를 자유자재로 사용할 수 있게 됐으니 정보를 얻는 것이 그다지 어려울 것 같지는 않다.

꼬리를 잘 따라가다 보면 상당한 성과를 얻을 수도 있을 것 같으니 말이다.

'그나저나 제법 유용할 것 같으니 창고에 펼쳐져 있던 새로운 결계를 연구해 봐야 한다.'

아르고스가 의식뿐만 아니라 스페이스와도 통합된 덕분에 인식 차단 장치를 완벽하게 뚫을 수 있게 되었다.

아르고스로 인해 생긴 능력을 생각하다 보니 정보를 차단하는 것도 아주 중요할 것이라는 생각이 들었다.

내 적이 될지도 모르는 존재들도 어떤 능력을 가졌는지 모른다.

하지만 마도학이 있는 이상 앞으로 인식 차단 장치만으로는 정보를 완벽하게 감출 수 없을 지도 모르니 말이다.

그래도 다행인 것은 벙커 창고에 펼쳐져 있던 색다른 결계를 이해할 수만 있다면 마도학과 연계해 새로운 차원의 인식 차단 장치를 만들어낼 수 있을 것 같다.

'우선 마도학을 살펴봐야겠군.'

— 스페이스.

— 예, 마스터.

— 마도학에 대해서 알려줄 수 있나?

— 언제든지 인식을 하실 수 있는 상태입니다. 인식이 끝나면 마도학의 전반적인 것을 활용하실 수 있을 겁니다.

— 좋아. 그럼 시작해 봐.

스페이스가 나에게 마도학이라는 아주 거대한 학문에 대해 인식을 시키기 시작했다.

정보의 양이 무척이나 방대했지만 통합 의식 덕분인지 머릿속이 약간 무거워진 것 빼고는 인식하는데 별다른 문제는 없었다.

'정말 엄청나군. 어떻게 이런 정보를……'

마도학의 기초부터 최고의 수준까지, 방대한 정보를 가지고 있는 스페이스에 대해 문득 궁금해졌다.

'도대체 어떤 존재지?'

아공간을 남긴 김오 박사에 대해서도 궁금하기는 마찬가지였다.

내가 인식한 정보들은 결코 지구인이 가질 수 없는 것들이니 말이다.

― 스페이스, 어떻게 이런 방대한 정보를 가지고 있을 수 있는 거지?

― 어떻게 제 의식에 깃들어 있는지 그건 저도 모릅니다.

― 누가 정보를 인식시킨 것이 아니라 의식이 있을 때부터 그냥 가지고 있었다는 말이냐?

― 그렇습니다.

― 알았다.

통합 의식이 나에게 인스톨된 후부터 스페이스는 절대 나에게 거짓을 말하지 못한다.

에고를 만든 후 자아를 형성하기 전에 정보를 저장시킨 것이 분명하다.

통합된 의식으로도 아리를 살펴볼 수 없는 결계도 그렇고, 스페이스에게 방대한 마도학 관련 정보를 인식시킨 것은 초월자가 아니면 불가능한 일이다.

'2차 각성을 하면 뭔가 나오겠지.'

아직은 내 능력으로 감당할 수 없는 일이라 당분간은 김오 박사에 대해 알아내겠다는 생각을 버리기로 했다.

'일단 통합 의식과 연계하는데 익숙해져야 하니까 정보가 들어올 때까지 수련이나 해볼까?'

원래 내가 삼환명심법으로 분리해내 사용할 수 있는 의식은 다섯 개였는데, 지금은 혼원주 때문인지, 아니면 내가 고통을 이기고자 극한으로 운용한 덕분인지 총 여덟 개가 되었다.

본래의 것까지 총 아홉 개의 의식이 통합되어 항상 활성화되어 있는 상태다.

내 자아를 기반으로 하는 의식들이라고는 하지만 연계해 사용하는데 서투니 최대한 빨리 익숙해져야 한다.

더군다나 스페이스와 스킨 패널이 융합된 에고를 자유자재로 다루려면 통합 의식에 대한 제어가 필수적이니 말이다.

'송지암의 지명 큰스님이 알려주신 본문의 마음 공부라면 충분히 가능할 것이다.'

어머니가 일찍 돌아가시고, 아버지는 센터 연구소에 계시는 탓에 돌봐주는 사람이 없어 어린 시절 나를 맡아주셨던 큰스님은 나에게 아버지와 같은 분이다.

그렇게 어렸을 때부터 맡겨져 지명 큰스님이 가르쳐 주시는 것을 배웠고, 사촌 형은 큰아버지가 아버지의 일을 돕기 시작한 후부터 나와 같이 지명 큰스님 밑에서 수학을 했다.

사촌 형과 같이 스승님으로 모시고 있지만 그분은 그저 인연이라 말씀하시며 스승이라 불리기를 원하지 않으셨다.

'그래도 우리에겐 스승님이시지.'

사촌 형이 송지암으로 들어오기 전에 배웠던 것은 주로 마음 공부였고, 같이 살게 되면서부터는 본격적으로 큰스님의 의발을 이었다.

지명 큰스님은 송지암에서 제자라고 할 수 있는 상좌 하나 없이 홀로 머무셨기에 의발을 잇는 것은 내가 될 수밖에 없었기 때문이다.

'사촌 형이 의발을 이을 수도 있었지만 문하로 들어온 것이 나보다 5년이나 뒤였기 때문에 공부가 부족해 어쩔 수 없이 내가 이어야만 했지.'

스승님께서는 마음을 다루는 심법과 몸을 쓰는 체술을 우리에게 가르쳐 주셨다.

진성능력자가 아님에도 알파에 들어올 수 있었던 것도 모두 지명 큰스님의 가르침 덕분일 정도로 아주 특별한 배움들이었다.

심법과 체술을 모두 수련하기는 했지만 사촌 형은 체술 위주

였고, 내가 주로 배운 것은 마음 공부였다.

오늘은 스승님께 배운 또 다른 마음 공부로 통합 의식에 대한 동화율을 높이려고 한다.

삼환명심법을 확장한 것이라고 할 수 있는 심법인 삼환제령인이라면 통합 의식을 효과적으로 다룰 수 있을 것이다.

큰스님으로부터 삼환명심법 말고도 다른 마음 공부도 배운 것이 많다.

그중에 가장 특별하다고 할 수 있는 것이 바로 삼환제령인(杉環制靈印)이다.

지명 큰스님조차 두 번째 단계만 겨우 익히고 나머지는 완성을 할 수 없었던 본 문의 최고 마음 공부다.

'보통 사람은 시작조차 할 수 없는 것이기도 하고, 스승님도 1차 각성을 통해 본질을 깨닫지 못했다면 익힐 수 없었을지도 모른다고 하셨으니 말이야.'

삼환제령인의 첫 번째 단계는 삼환명심법을 익혀 의식을 분리하는 것이고, 그 의식이 복수가 됐을 때가 두 번째 단계에 입문한 것이다.

본래의 의식에서 분리해 낸 의식의 수가 총 일곱 개가 되어야 두 번째 단계를 완성할 수 있는데, 나는 혼원주로 인해 첫 번째 단계는 물론 두 번째 단계마저 넘어섰다.

세 번째 단계는 인스톨된 통합 의식처럼 분리된 의식을 통합

하는 단계다.

분리된 것 중에 두 개의 의식을 내 본래의 것과 같은 수준으로 끌어 올리고, 다른 의식들을 통합시키는 것이 세 번째 단계의 핵심이다.

자칫 잘못하면 다중인격이 형성이 되어 미쳐 버릴 수도 있는 고도의 마음 공부라고는 하지만 자신 있다.

혼원주를 통해 세 번째로 단계로 가는 실마리를 잡았으니 말이다.

안가에 마련된 수련실로 들어가 가부좌를 틀고 명상에 들어가 거대한 의식의 바다에 뛰어들었다.

제 5 장

호장민과 국가안전부 최고의 두뇌들이 머리를 맞대고 의논한 결과, 앞으로 실시하게 될 작전에 대한 계획을 세울 수 있었다.

어느 정도 자신이 생긴 시영후는 곧바로 상황실을 차에 올라 탔다.

대륙천안의 수장이라고 할 수 있는 헌원화를 만나기 위해서 였다.

삐리리리!

뒷좌석에 앉아 북경 거리를 보며 생각을 정리하던 시영후는 벨소리에 스마트폰을 바라보았다.

'무슨 일이지?'

스마트폰에 뜬 전화번호는 헌원화가 자신과 연락을 취할 때 즐겨 쓰는 대포폰의 번호였다.

통화를 시도하자 나지막한 목소리가 귓전을 울렸다.

— 어딘가?

"가고 있는 중입니다."

— 지금 자금성으로 가는 길인가?

"그렇습니다."

— 그곳으로 가지 말고 자네 아버지가 있는 곳으로 오게.

"알겠습니다."

헌원화는 자신의 용건만 간단히 말하는 스타일이었기에 전화를 끊자 스마트폰에 나타났던 번호가 곧바로 사라졌다.

"주석궁으로 가자."

"예."

운전대를 잡고 있던 남궁호는 시영후의 지시에 곧바로 주석궁으로 진로를 잡았다.

주석궁은 자금성 서쪽 지역의 특별구역인 중난하이(중남해)에 있었다.

중난하이는 민간 항공기가 접근하더라도 곧바로 격추를 시킬만큼 중국의 핵심 지역으로, 공산당 본부와 국무원 그리고 정부 요인들이 다수 거주하고 있는 곳이었다.

차를 돌려 주석궁으로 간 시영후는 곧바로 자신의 아버지가 일을 보고 있는 집무실로 향했다.

집무실 안에는 헌원화와 아버지가 심각하게 대화를 나누고 있었다.

"어서 오너라."

"죄송합니다, 아버님."

"아니다. 천주께 불가항력이었다는 이야기를 들었다."

"아닙니다. 모두 제 불찰입니다."

불가항력이라고는 하지만 오랫동안 준비해 왔던 것들을 모두 잃어버린 것은 어찌 됐던 자신의 책임이었다.

"너무 자책하지 말게. 설사 누구라도 아직 다 준비가 되지 않은 상태에서는 놈들의 역습을 막아낼 수는 없었을 테니 말이네."

"죄송합니다, 천주."

"어차피 벌어진 일이니 이제 다음 일을 준비해야 하지 않겠나?"

"어느 정도 테두리는 잡았습니다."

"호오! 벌써 말인가? 역시, 자네로군. 어디 들어 보세나."

헌원화가 호기심을 보였다.

"단기적인 계획으로는 놈들을 칠 수 없다는 판단하에 상황실에서는……."

시영후는 호장민과 세웠던 계획을 두 사람에게 설명했다.

"그러니까 장기간에 걸쳐 간자를 심자는 이야기냐?"

"그렇습니다. 당장은 어렵겠지만 민간을 통해 경제 부문의 통상을 시작한 이후라면 충분히 가능할 것 같습니다. 그렇게 해서 놈들의 수뇌부에 간자를 심는 것이 바로 첫 번째 계획입니다."

"쉽지는 않을 것 같네만."

아버지의 질문에 대답을 하자 헌원화가 의문을 드러냈다.

"대변혁 이후 놈들이 자정을 했다고는 하지만, 지금까지 파악한 바로는 속내를 숨기고 있는 인사들이 적지 않습니다. 충분히 가능하리라고 봅니다."

"그다음은 어떻게 진행을 할 생각인가?"

"우리가 지원하는 자들이 대한민국 정부를 장악하도록 할 생각입니다. 그리고 유력한 자 중에 하나를 골라 전폭적인 지원을 통해 대통령이 되도록 할 계획입니다."

"그게 두 번째 단계인가?"

"그렇습니다. 그렇게 정부를 장악하고 난 뒤에 국정원을 칠 생각입니다."

"대변혁 이후에 국정원이 대한민국 정부와는 독립적으로 움직이는데 가능하겠느냐?"

"몇 가지 준비를 해 놓은 것이 있으니 가능할 것으로 보입니다. 다만 그만한 실력을 갖춘 진성능력자들이 나서야 하는데,

이번에 피해가 심각해 그것이 걱정일 뿐입니다."

"그것은 걱정하지 말게. 내 대륙천안의 진성능력자들을 더 충원해 주도록 하지."

문제점을 말하는 시영후를 보던 헌원화가 입을 열었다.

"고맙습니다. 천주께서 지원을 해주신다니 성공할 확률이 더 높아질 것 같습니다."

"아니네. 당연히 지원을 해야지. 이번 일로 손해가 많으니 말이야. 그런데 그것들은 되찾을 수 있겠나?"

"놈들이 벙커에 있는 것들을 빼돌린 것이 분명하기는 하지만, 천주께서도 아시다시피 십 년 안에는 놈들도 그것들을 제대로 사용하지 못합니다. 그러니 작전이 차질 없이 진행이 된다면 모두 되찾아올 수 있을 겁니다."

몇 가지를 제외하고 탈취당한 대부분의 자원들은 마법이 없는 한 쓰는데 한계가 있는 것들이다.

차원 교류가 아주 제한적이라 마법에 관한 정보도 그다지 많지 않은 상황이기 때문이다.

다른 차원들과 맺은 교류 협약에 따라 마법에 대한 정보가 해금되는 시기는 앞으로 10년 뒤라 헌원화 또한 그다지 타격이라고 생각하지 않았다.

다른 대안도 이미 마련해 두었지만 전력이 충분하지 않은 상황이라 준비를 마친 후 10년 안에 되찾아오면 그만이기 때문이다.

"알았네. 십 년이 지나기 진에 반드시 찾아야 하네."

"염려하지 마십시오."

"지원은 본 천에서 할 테니 걱정을 없을 거고. 누구에게 이번 사안을 주도하게 할 생각인가?"

"일단 첫 번째 단계는 흑사단을 이끌고 있는 장웅을 생각하고 있습니다."

"그 아이를?"

헌원화는 흑사단을 이끌고 있는 장웅을 알고 있었기에 시영후의 의도가 궁금했다.

"출신이 암흑가인 탓에 냉혹한 성정을 가지고 있으니 이번 일을 맡기기에 적합하다고 봅니다."

"그 아이는 냉철할 때는 아주 냉철하지만 일정한 선을 넘으면 분을 못 이길 때가 많네. 작전을 진행하다가 자칫 그 성질을 참지 못할지도 모르는데, 괜찮겠나?"

자칫 작전을 망칠 수도 있기에 장웅에 대해 잘 알고 있는 헌원화가 물었다.

"전혀 상관없습니다. 오히려 분을 참지 못하는 장호의 성격이 필요합니다. 그래야 국정원의 시선을 오래 끌 수 있을 테니 말입니다."

"호오! 천하의 장웅을 놈들에게 보여주는 패로 쓰는 것을 보면 뭔가 할 생각이로군."

헌원화가 이채를 드러냈다.

"그렇습니다. 장웅이 시선을 끌게 될 것이고 진짜 작전은 저희 국가안전부에서 키우고 있는 장웅의 동생인 장천이 진행을 하게 될 겁니다."

"으음, 장천이라면 안심이 되는군. 그럼, 경제 통상의 선두에 화티엔 그룹이 서는 건가?"

"그렇습니다."

화티엔 그룹은 중국 최고의 재벌 중 하나로, 장웅의 흑사단은 어두운 곳에서 그룹을 돕는 조직이다.

둘의 조합이라면 시영후가 준비한 작전은 성공 가능성이 꽤 높았다.

"괜찮은 작전인 것 같은데 주석의 생각은 어떠신가?"

헌원화가 시천종의 의견을 물었다.

"이야기를 들어보니 맡겨볼 만하다고 생각합니다. 시 부장, 잘 할 수 있겠나?"

"최선을 다하겠습니다."

"알았다. 작전을 승인할 테니 최대한 빨리 잃어버린 것들을 회수하도록."

"예, 주석."

"나는 천주와 나눌 이야기가 있으니 시부장은 이제 그만 나가보도록 해라."

"그럼."

시영후가 고개를 숙여 보인 후 집무실을 나섰다.

"어떻게 생각하시오, 주석?"

"뭘 말이십니까?"

"이번 일을 주도한 국가정보원에 대해서 말이오."

"놈들이 벌인 일을 보면 반드시 없애야 할 곳이라는 생각이 듭니다."

"과감함이나 동원된 전력을 보면, 주석의 말대로 반드시 제거해야 할 자들인 것 같네."

"천주께서는 어떻게 하실 생각입니까?"

중국의 배후라 할 수 있는 대륙천안의 움직임에 따라 향후 방향이 정해지기에 시천종이 헌원화의 의중을 물었다.

"시 부장이 준비한 작전이라면 놈들을 꽤나 흔들 수 있을 것 같으니 다음 수순을 준비해 둬야 할 것 같네."

"지금이라도 전력을 기울인다면 없애지 못할 것은 없지만, 피해 또한 만만치 않을 것 같으니 신중을 기해야 할 것입니다, 천주."

"다른 곳에서 잔뜩 웅크리고 전력을 늘리고 있는 이상 피해를 최대한 줄여야겠지. 내 주석의 말대로 하겠네."

"놈들을 응징할 수 있도록 최대한 돕도록 하겠습니다."

"고맙소, 주석."

대변혁이 일어난 후 세상을 움켜쥐기 위한 전쟁은 이미 시작되었다고 볼 수 있었다.

이전에 세상을 지배하고 있던 이면조직들이 사라진 후, 새롭게 힘을 쥐기 시작한 존재들이 헤게모니를 쥐기 위한 준비를 하고 있는 상황이다.

대륙천안도 그동안 많은 준비를 해왔지만 이번 일로 타격이 조금 있었다.

다시 준비하면 되기에 잃어버린 것들이야 찾지 못하더라도 상관이 없었다.

문제는 바로 대륙의 턱밑에서 비수를 들이대고 있는 대한민국이다.

대변혁 이후 가장 세력을 많이 넓힌 대한민국이 있는 이상 중화의 하늘을 구현한다는 것이 쉽지는 않은 일이기에 헌원화의 눈이 서늘하게 빛났다.

"으음."

세 개의 의식으로 다른 의식을 통합해 하나로 만들면서 엮어진 의식들이 각자 역할을 하도록 하는 것이 까다로웠다.

그렇지만 그저 까다로웠을 뿐이지 삼환제령인이 삼 단계로 올라서는 것은 생각만큼 어렵지 않았다.

두 개의 의식을 통합해 주관하는 세 개의 주체 의식들이 쉽게 확립될 수 있었던 것은 비슷한 방식으로 운영되는 마나 엔진을 운영해 본 경험 덕분이었다.

운용하는 방식이 흡사한 탓에 방향을 쉽게 잡을 수 있었고, 확장된 통합 의식 덕분에 위계를 정립하는 것뿐이었기 때문이다.

'그렇지만 시간이 너무 걸렸다.'

가부좌를 틀고 명상에 들어 삼환제령인을 운용해 세 번째 단계를 확립하는 데 걸린 시간이 상당했다.

삼환제령인의 3단계를 어느 정도 완성하는 데 무려 사흘이 넘게 걸렸다.

세 번째 단계로 올라서는 것은 어렵지 않았지만 가지고 있는 수많은 정보들을 각자의 역할에 맞게 배분해야 하는 문제를 해결하는 데 이틀이 걸렸다.

그리고 세 개의 주체 의식을 활용하기 위해 마나 엔진들과 각각 연결시키는 것에 하루라는 시간이 걸렸다.

'직접 움직이지 못해서 그렇지 정보는 전부 수집했으니 그나마 다행이다.'

삼환제령인으로 인해 단계가 올라선 덕분인지 정보 수집에는 별 어려움이 없었다.

인큐베이터에서 일어나는 일이나, 호장민이 바쁘게 움직이고 있는 국가안전부의 상황실에 대한 것은 빠짐없이 수집했으니 말이다.

그동안 하오문의 문주인 유백상이 이틀 전에 타클라마칸의 작전과 관련된 이들에 대한 정보를 보내왔다.

예상을 한 대로 대륙천안이라는 중국의 배후와 관련된 정보들도 상당수 있었다.

대륙천안의 꼬리를 잡아서 인지 실시간으로 정보가 갱신되고 있었기에 하오문에서 전력을 기울이고 있다는 것을 알 수 있었다.

유백상은 대륙천안과의 전쟁을 감안하고 전폭적으로 움직이고 있는 것 같지만 내가 봤을 때 아직은 시기상조다.

'시간이 많이 지났으니 하오문에서 보내오는 정보를 토대로 움직여 보자.'

하오문이 큰 피해를 입기 전에 대륙천안의 반격을 차단해야 할 필요성이 있기에 움직이기로 했다.

더군다나 서태진과의 약속이 나흘 남았다.

완성된 투사체를 본 후 중국을 떠나야 하니 그 안에 대륙천안과 하오문의 일을 정리해야 한다.

'일단 몸부터 추스르자.'

훈련을 받았을 때 나흘 동안 물만 섭취하며 잠복한 적이 있기는 하지만 아무것도 먹지 않고 사흘을 버틴 탓인지 봄이 말이 아니었다.

곧바로 안가를 나와 맨션으로 갔다.

창가가 어둑해지는 것을 보니 이제 잠이 찾아올 모양이다.

샤워를 하고 난 뒤 주방으로 가서 본격적으로 음식을 만들 준비를 하고 죽을 끓였다.

뱃가죽이 바짝 달라붙어 있었기에 한 냄비 끓인 죽은 금방 동이 났다.

'몸도 많이 달라졌군.;

많은 양이었지만 삼환제령인이 세 번째 단계로 올라서며 신체에도 변화가 있었던 탓인지 영양분이 곧바로 흡수되어 위에 큰 부담이 되지 않았다.

대충 그렇게 배를 달래고 난 뒤 죽을 끓일 때 냉장고에서 꺼내 해동을 시키고 있던 고기를 구웠다.

'아쉽군. 아리와 같이 먹었으면 좋았을 테데…….'

고기가 구워지며 피어오른 냄새에 아리 생각이 났다.

아리와 함께하지 못하는 아쉬움이 컸지만 앞으로 일을 생각하며 고기를 구워 먹었다.

먹는 족족 흡수된 탓에 거의 1킬로그램에 달하는 등심을 먹었는데도 더부룩한 것이 하나도 없었다.

'내 몸도 정말 몰라보게 변했구나. 먹은 것을 곧바로 흡수하다니. 후후, 이 정도면 푸드 파이터를 해도 되겠다. 일단 배를 채웠으니 나가 볼까.'

많은 양을 먹었지만 곧바로 움직여도 상관이 없기에 설거지를 끝내고 곧바로 맨션을 나섰다.

지하 주차장에서 차를 타고 내가 가야 하는 곳은 중난하이 지역이다.

출입이 통제되는 지역이라 하이뎬구 근처 주차장에 차를 세우고 모습을 변화시킨 후 거리를 걸었다.

'중난하이에 정부 요직에 있는 자들이 많이 살고 있어서 인지 경계가 삼엄하군.'

곳곳에 진성능력자들이 포진해 있었다.

대부분이 A급 진성능력자들인 것을 보면 내가 저지른 일 때문에 비상이 걸린 것 같아 보였다.

'이제부터 모습을 감춰야겠군.'

모습을 감춰야 하기에 건물을 따라 가다가 그늘이 나오자마자 은신을 했다.

은신과 동시에 전투 슈트가 덧씌워져 빛을 투과시키도록 만든 탓에 진성능력자라도 내 모습을 쉽게 찾아 낼 수 없을 터였다.

'주거지구 중 한곳에 살고 있다고 했으니…….'

레드섹션을 통해 받은 정보에는 타클라마칸에는 군부나 정부에서 동원되는 자들 말고 다른 진성능력자들이 상당수 포진해 있었다.

나는 이들에게 주목했고, 이들과 접점이 있었던 자들에 대해 유백상에게 조사를 부탁했었다.

유백상의 보내 온 정보에 따르면 지금 내가 찾아가고 있는 곳에 거주하고 있는 등정원이라는 자는 대륙천안과 관련이 아주 많은 것이라 추정된다.

중국 권력의 외곽에 위치해 있는 자라 그다지 주목을 받지 못하지만, 등정원은 국무원 산하 외교부에서 실질적인 대외 협력을 총괄하는 자다.

등정원은 외교부의 공식적인 채널 이외에 독자적인 채널을 가지고 있는 것으로 파악이 되었는데, 그 채널 중 하나를 움직여 진성능력자를 타클라마칸으로 보낸 것을 하오문이 잡아냈다.

한중전쟁이 끝나고 5년이 흐른 후에 다시 교류가 시작되었을 때부터 재외거주 중국인에 대한 지원을 맡아 왔다면 센터 내의 제5열에 대해 알고 있을 가능성이 높았다.

'타클라마칸에서 벌어진 일이나, 등정원이 동원한 자들의 움직임으로 살펴볼 때 단순히 알파팀의 작전을 막기 위해서가 아니었으니 그나마 다행이군. 놈들이 아직 센터를 장악한 것 같지

는 않으니 말이야.'

정확히 나만 노리고 잡으려고 들었던 것을 보면 센터에 대한 정보를 알아내기 위해서 그런 것이 분명하니 다행이라고 할 수 있었다.

놈들이 아직 센터를 완전히 장악하지 못했다는 것을 뜻하니 말이다.

'그나저나 혼원주를 얻은 후 움직임이 더 편해졌다.'

통합 의식 자체가 주변 상황을 다 인식해서 그런지 전과는 움직임이 달라졌고, A급 진성능력자들도 전혀 알아채지 못하고 있다.

전투 슈트 또한 내 움직임에 맞춰 카멜레온처럼 시시각각 변화하며 주변과 동화를 하고 있어서다.

중국 전통 양식인 사합원으로 이루어진 주택들을 이어주는 골목길인 후통을 따라 진성능력자들의 이목을 따돌리며 조심스럽게 움직였다.

'저기군.'

등정원이 머물고 있는 곳은 2층으로 지어진 사합원 양식의 주택이다.

— 스페이스, 안쪽을 스캔해 봐.

전통 건물이지만 안에 무엇이 있을지 몰라 스페이스에게 살펴보도록 지시를 했다.

― 인식 차단 장치와 함께 마스터께서 확인하신 결계가 쳐져 있어서 시간이 걸릴 것 같습니다.

― 여기도 벙커 안 창고에서 봤던 결계가 쳐져 있다는 건가?

― 그렇습니다.

― 뚫으려면 시간은 얼마나 걸리지?

― 2분이면 충분합니다.

― 스캔해서 정보를 알려줘.

얼마 지나지 않아 스페이스가 스캔한 정보를 알려 왔다.

― 지상에 다섯 명, 지하에 스물한 명이 머물고 있습니다.

― 지하에도 공간이 있다면 보통 건물은 아니겠군.

― 지하에 만들어진 구조물 안에는 각종 전자 장비와 마도공학으로 만들어진 장비들이 가득합니다.

― 종류는 파악할 수 있나?

― 마스터께서 전에 확인하셨던 상황실과 흡사한 구조로 되어 있고, 설치된 장비들의 기능은 비슷하지만 성능이 훨씬 좋은 것들입니다.

정보를 수집하고 분석하는 곳이 분명했다.

머리라고 할 수 있는 곳이니 아무래도 쳐야 할 것 같다.

― 머물고 있는 자들의 수준은?

― 지상에 머물고 있는 자 중에 하나는 S급 초입에 들었고, 다른 자들은 A급 진성능력자 중에서도 상위 능력자라 파악이

됩니다. 지하에 있는 자들은 B급 정도의 진성능력자들로, 무력 쪽의 능력자들은 아닌 것 같습니다.

— 쉽지는 않겠군. 놈들 모르게 안으로 들어갈 수 있는지 살펴봐.

— 인식 차단 장치와 결계의 해제는 가능하지만, 마스터께서 은신을 하신다고 해도 안에 있는 자들의 이목을 피하기는 어려울 것 같습니다.

— 으음. 그럼, 등정원과 S급 진성능력자가 동일인인지 파악을 해봐.

— 마스터께서 알고 계신 정보가 틀림없다면 동일입니다. 지금 이 층에서 술을 마시고 있습니다.

— 스페이스!

— 예, 마스터.

— 지금 내 전력으로 등정원을 제압할 수 있는 지 비교해 봐 줄 수 있겠어?

혼원주를 얻기 전까지 A급 정도는 충분히 제압할 수 있었기에 제일 궁금했던 것을 물었다.

— 충분히 가능할 것 같습니다.

— 좋아. 진입하고 난 뒤 곧바로 등정원을 제압할 거다. 외부에서 안을 파악하거나 들어올 수 없도록 진입과 동시에 결계를 변형을 시킬 준비를 해둬.

— 염려하지 마십시오, 마스터.

팟!

사합원 형식의 주택을 넘어 들어갔다.

경보가 울린 것 같지만 스페이스가 곧장 결계를 변형시켰기에 문제는 없을 터였다.

'벌써 반응을 하다니, 제대로 된 놈이군.'

마당에 내려서기 무섭게 2층에서 술을 마시고 있던 등정원의 기세가 느껴진다.

창문이 열리며 흥미로운 눈빛으로 나를 바라보는 중년 등정원이 보인다.

탁!

가볍게 창문을 넘어 뛰어내린 등정원이 내 앞에 섰다.

"국가정보원에서 왔나?"

유창한 한국말이 등정원의 입에서 흘러나왔다.

"재미있군."

변조한 음성을 토대로 중국어로 대답을 했다.

"여기까지 찾아온 것을 보면 이미 대부분 알고 있다는 말인데, 대한민국의 국가정보원도 상당하군."

"뭐 그렇다고 해두고."

주택과 지하에 있는 자들이 어느새 포위망을 구축하고 있었지만 대화를 중단하지는 않았다.

"후후, 혼자 온 것을 보니 자신이 있는 것 같다만, 실수한 거다."

"실수라, 재미있군. 누가 실수한 것인지 모르겠군."

파—앗!

말이 끝나기 무섭게 등정원이 움직였다.

마치 호랑이 발톱처럼 푸르스름한 손끝을 내미는 그의 모습은 살벌하기 그지없었다.

파—파파팡!

다리를 들어 놈을 향해 휘두르자 공기가 터져 나갔고, 위협을 느꼈는지 등정원이 재빠르게 물러났다.

"말하는데 공격이라니, 예의가 없군."

"으음."

대답 대신 신음을 흘린다.

보이지 않음에도 발짓 하나하나에 에너지가 유형의 형태로 머물고 있는 것을 알아본 모양이다.

자연스럽게 최단 경로를 가로질러 공격을 하면서 에너지를 흘려 넣은 탓에 충격을 입기도 했을 것이다.

"자, 이제 다들 모인 것 같으니."

팡!

휘돌듯 몸을 회전시키며 다리를 들어 주변을 포위한 자들을 향해 휘둘렀다.

퍼퍼퍼퍽!

"컥!"

"큭!"

직접 닿지는 않았지만 전투 슈트에서 쏘아진 유형화된 에너지로 인해 연이은 타격 소리가 들리고, 신음 같은 비명 소리가 터져 나왔다.

등정원을 제외한 네 명이 옆으로 쓰러지며 순식간에 오행진을 가미한 합격진이 흐트러져 버렸다.

서 있는 것은 S급 진성능력자인 등정원과 나뿐이다.

"후후후, 기회가 없을지도 모르니 덤벼 보도록!"

"차앗!"

상황이 심상치 않다는 것을 느낀 것인지 등정원에서 몸에서 피어오른 에너지가 유형화되며 양팔에 맺혔다.

콰직!!

진각을 밟으며 터진 기파가 구운 벽돌로 만든 바닥을 박살내는 것과 동시에 등정원의 공격이 시작되었고, 공격을 해오는 손길에는 살기가 잔뜩 서려 있었다.

'그자보다는 밀도가 낮다.'

양팔에 강기가 서리기는 했지만 옥상층에서 아리를 공격했던 그자에 비해서는 한참이나 낮은 수준이다.

쾅! 쾅! 콰―앙!!

소림오권이라는 불리는 권법을 펼치는 놈의 손길을 쳐낼 때마다 기파가 터지며 주변을 울려 댄다.

지붕을 덮고 있는 기와가 흔들리며 먼지가 마당으로 내려앉다가도 나와 등정원이 피워내는 에너지의 여파에 다시 비산하고 있으니 마치 안개가 피어오르는 것 같다.

'권법 실력은 대단하지만 에너지 활용도는 확실히 떨어지는 자로군.'

소림권의 특성인 강맹함을 동작 하나하나에 품고 있는 것을 보면 수준급의 권법가로 보였지만, S급 초입이라서 그런지 에너지의 수발이 그리 자유로워 보이지 않는다.

가지고 있는 것의 채 반도 사용하지 못하는 것이 더 이상 살펴볼 필요성을 느끼지 못했다.

'대충 이 정도 실력이군.'

이제 막 발을 디딘 S급 진성능력자의 실력을 확인할 수 있었기에 이만 끝내야 할 것 같다.

등정원의 손길을 피해내며 마주 짓쳐가다 놈의 팔을 붙잡고 에너지를 비틀었다.

우드드드득!

강기로 덮인 두 손이 뒤틀리며 관절이 부러지는 소리와 함께 처절한 소리가 들렸다.

"끄아아악!"

퍽!

뼈뿐만 아니라 스며든 내 에너지가 혈맥을 갈가리 찢어발기는 탓에 고통스럽게 비명을 지르는 등정원의 이마를 주먹으로 내리쳤다.

주먹에 담긴 에너지가 빠르게 파고들어 뇌에 타격을 준 탓인지 눈동자가 돌아가더니 힘없이 바닥에 쓰러졌다.

'깨어나도 어차피 빠져 나가지는 못하니 지하에 있는 자들도 처리를 하자.'

지상에 있던 자들 말고도 지하에 상당수의 인원이 있기에 곧바로 지하로 내려가는 길을 찾았다.

입구는 1층에 있는 것이 아니라 2층에 있었다.

스페이스의 도움으로 찾은 곳이었는데, 벽장처럼 생긴 곳의 문 안쪽에 지하로 내려가는 엘리베이터가 있었다.

지하에 마련된 상황실은 호장민이 운영하던 상황실과 비교해도 손색이 없을 정도로 잘 꾸며져 있었다.

탕!

타타타타탕

엘리베이터 문이 열리자마자 총탄이 날아들었다.

권총을 손에 들고 연신 발사하고 있지만 얼굴은 겁에 질린 모습들이다.

틱! 틱!

탄환을 무한정 쟁여놓을 수 없으니 방아쇠가 공이를 치는 소리가 울렸다.

"이제 그만하지!"

"으으으!"

다들 잔뜩 겁에 질린 표정에 흐리멍덩한 눈동자를 보니 상태가 좋지 못한 얼굴이다.

'세뇌를 당해 조종하는 대로 움직이는 자들인가? 일단 제압을 해둬야겠군.'

파파파파팟!

엘리베이터 앞에 모여 있는 자들의 에너지 흐름을 막아 전부 쓰러트렸다.

무력을 담당하는 이들은 지상에서 처리한 놈들뿐이라서 지하에 있는 자들의 반항은 없었다.

— 스페이스, 이자들을 살펴볼 수 있나?

— 잠시 기다리십시오.

쓰러진 자들의 상태가 궁금해 스페이스를 불러 조사를 시켰다.

아르고스가 융합되어 있어 다른 자들의 신체 상태를 살피는 것은 그다지 어려운 일이 아닌 터라 스페이스가 금방 답을 해왔다.

— 마스터, 쓰러진 자들의 뇌에 작은 금속 조각들이 발견되었

습니다. 중추신경계와 주요 부분에 박혀 있는 것으로 봐서는 이 지를 제압하기 위한 장치로 보입니다.

— 제거할 수는 있겠어?

— 마스터께서 아공간에 보관 중인 캡슐을 사용한다면 충분히 가능할 것 같습니다.

— 다행이로군. 그러면 지금 당장은 곤란하고, 데리고 나가야 한다는 소리인데…….

— 고민하실 필요가 없습니다. 마스터께서 가지고 계신 아공간은 생명체의 수납도 가능하니 말입니다.

— 살아 있는 것도 수납이 가능하다는 말이냐?

— 예, 마스터. 그냥 이대로 수납하신다고 해도 생명에는 지장이 없습니다.

아공간에 살아 있는 생명체를 수납하는 것이 불가능하다는 것이 정설인데 정말 놀라운 일이다.

안배에 의해 얻은 것이라고는 하지만 도대체 내가 얻는 것이 무엇인지, 그리고 안배에 끝에 뭐가 있을지 궁금하다.

'저절로 알게 되겠지만 일단 여기부터 처리하자.'

— 좋아 그러면 수납하도록. 알아볼 것이 많으니까 말이야. 그리고 여기에 있는 장비들도 모두 가능하겠지?

— 염려 마십시오.

쓰러진 자들이 물론, 상황실에 가득했던 장비들도 눈앞에서 순식간에 사라졌다.

그렇게 상황실을 정리하고 곧바로 위로 올라와 마당에 쓰러진 자들도 아공간에 쓸어 담았다.

— 스페이스, 여기에 쳐진 결계가 어느 정도 시간까지 유지가 될 수 있지?

— 에너지 주입이 이루어지지 않는다면 십 일 후에 저절로 해제가 됩니다.

— 그 사이에 이 안으로 들어올 수 있는 자들은 없겠군?

— 그렇습니다.

— 좋아. 그럼 이대로 유지를 해라.

— 예, 마스터.

새로운 결계가 10일간 유지된다는 말에 곧바로 담장을 넘어 벗어났다.

열흘 뒤면 나는 중국을 떠나 한국에 있을 테니 시간도 충분하다.

이곳에서 무슨 일이 벌어졌는지 알아내지 못한다면 대륙천안 놈들이 더욱 혼란스러워할 테니 나로서는 무척이나 잘된 일이다.

급히 안가로 돌아온 후에 상황실 요원 중 하나를 아공간에서 꺼냈다.

'다행이군.'

정신을 잃어 의식이 없기는 하지만 아공간에 있었음에도 바이탈 사인은 아주 정상이었다.

'더미와의 동화가 끝나기는 했지만 캡슐에 있는 사람을 정말 꺼내야 하나?'

상황실 요원을 정상으로 되돌리고 정보를 빼내려면 캡슐이 필요한 상황이지만 걱정이 들었다.

S급 진성능력자인데다가 옥상에서 마주쳤던 자에 버금가는 에너지를 보유하고 있어서 자칫 위험을 자초할 수 있기 때문이다.

─ 스페이스, 캡슐 안에 있는 존재를 꺼내도 괜찮을까?

─ 동기화를 마쳤으니 문제는 없을 겁니다. 깨어난 후 상황을 염려하시는 것 같은데 마스터께서 보유하고 계신 정보를 열람하시기를 권유드립니다.

─ 내가 보유한 정보?

정보를 열람하라니 모를 소리다.

─ 이식 수술에 관여했던 네크로맨서의 기억과 관련한 정보의 봉인이 모두 풀렸습니다. 제가 파악한 바로는 봉인된 정보 중에 캡슐 안의 존재를 제어하실 수 있는 방법이 있는 것 같습니다.

─ 그래, 그게 있었군.

아리가 읽어내고 봉인시켜 나에게 전이한 네크로맨서의 기억에 답이 있다는 것을 알 수 있었다.

— 곧바로 인스톨시켜.

— 예, 마스터.

잠시 뒤 인스톨이 끝난 후 머리가 약간 멍한 상태가 가시며 정보들을 확인할 수 있었다.

'으음, 답은 간단하군.'

S급 진성능력자의 뇌를 더미에 이식한 후에 마음대로 통제하기 위해서 흑마법과 정신대법이 쓰였다.

흑마법은 노예 마법이라는 것으로 다른 차원에서 건너온 것이었고, 탈혼이라는 정신대법은 고대 배교라는 집단에서 흘러나온 것이었다.

두 가지 다 자아를 세뇌시켜 다른 존재에게 충성을 하게 만드는 고난이도의 정신 개조 방법이었다.

네크로맨서가 이 두 가지를 섞어 만들어낸 방법은 본래의 것보다 몇 배나 강력한 것으로, S급 진성능력자를 충분히 제어할 수 있는 것이었다.

'동기화를 끝마친 후 시전하는 마지막 절차에 따라 주관하는 이를 주인으로 섬기게 만드는 것이라 스페이스의 말대로 해결책이 될 수도 있겠다. 마지막 방법대로 깨우기만 하면 내가 주인이 될 수 있으니 말이다.'

동기화와 생명을 유지하기 위한 캡슐의 장치들을 끄고 뚜껑을 열었다.

안에 잠들어 있는 존재는 나이가 그리 많지 않아 보이는 여자였는데, 아리에 버금갈 정도로 외모가 상당했다.

— 시작할 테니 이 여자의 상태를 체크해 줘.

— 알겠습니다, 마스터.

스페이스의 보조를 받으며 여자의 머리에 양손을 가져다 댔다.

네크로맨서가 만들어낸 세뇌 방법을 생각하자 전투 슈트의 마나 엔진들이 가동하며 에너지들이 양손으로 몰려들었다.

— 길을 잃고 방랑하는 영혼이여. 내 여기 새로운 길을 여나니, 인도하는 자를 따르라!

텔레파시를 통해 닭살이 돋을 것 같은 스펠을 읊으며 여자의 뇌 속으로 에너지를 주입해 순환시켰다.

세밀함이 필요한 작업이었지만 인스톨된 네크로맨서의 기억과 스페이스의 도움이 있어 안전하게 펼칠 수 있었다.

'세뇌 작업은 잘 진행이 되는 것 같지만……'

세뇌가 성공한다고 해도 S급 진성능력자라 마음이 놓이지를 않아 만약을 대비해야겠다는 생각이 들었다.

'가능할지는 모르겠지만 만약을 대비해서 이 여자의 기억을 확인해 볼까?'

세상이 변한 지금 시대에 가장 중요한 것은 실수하지 않는 것이기에 확인을 해봐야 할 것 같다.

— 스페이스, 이 여자 기억을 읽을 수 있겠어?

— 가능할 것 같습니다.

— 그렇다면 한 번 읽어봐. 읽어지는 대로 나에게 전송하도록 하고.

— 알겠습니다, 마스터.

얼마 지나지 않아 스페이스가 기억을 읽어 나에게 전송하기 시작했다.

여자의 이름은 천화다.

묘족 출신의 연인으로 독을 잘 다루고, 강력한 염동력을 행사할 수 있었는데 이민족인 탓에 대류천안 내에서도 소외를 받고 있었다.

특하나 장인보라는 자의 질시를 받고 있었는데, 권법에 특별한 능력을 가지고 있는 그가 천화와의 대결에서 매번 패했기 때문이었다.

마지막으로 읽은 기억에 따르면 천화가 죽음에 이르게 된 것도 음모가 있었다.

자금성에서 벌어진 전투에서 장인보가 일부러 천화에게 공격이 집중되도록 일부러 유도한 것 때문에 죽음 직전에 이르렀던 것이다.

'이용만 당하고, 불쌍한 여자로군.'

어려서부터 차출되어 대륙천안의 요원으로 길러진 천화는 끝내 동료의 배신으로 목숨까지 잃은 여자였기에 마음이 아렸다.

'남동생의 죽음 때문에 오래전부터 대륙천안에 반감을 가지고 있다면 완전히 세뇌를 하지 않고도 충분히 나를 도울 수 있을 것 같기도 한데 말이야.'

같이 요원으로 차출되었던 천화의 남동생은 비참하게 죽음을 당했다.

천주라 부르는 존재의 능력을 향상시키기 위한 제물로 바쳐졌다.

하지만 천화는 이런 사실을 알아내기 전까지 동생이 작전 중에 실종된 것으로만 알고 있었다.

본래 비밀로 붙여진 일이었으나, 천화는 장인보가 자신에게 세 번째 패했을 때 욕설과 함께 내뱉은 말을 통해 동생의 죽음에 음모가 있음을 깨달았다.

동생에 대한 단서를 잡고 치밀한 조사를 한 끝에 진실을 알아낼 수 있었다.

대륙천안에 대한 복수를 생각하고 있던 그녀였지만 장인보로 인해 거의 죽음에 이르게 된 터라 잘만 설득한다면 세뇌를 하지 않고도 도움을 받을 수 있을 것 같았다.

'세뇌해서 마리오네트로 만드는 것보다 믿을 수 있는 동료로

받아들이는 것이 나에게는 더 낫다. 세뇌라는 것이 본질을 말살시키는 것이니 말이야.'

아리와 같은 영혼의 동반자는 아니지만 영혼에 나란 존재의 의미를 새기기만 해도 절대 배신할 수 없는, 믿을 수 있는 동료를 얻을 수 있을 터였다.

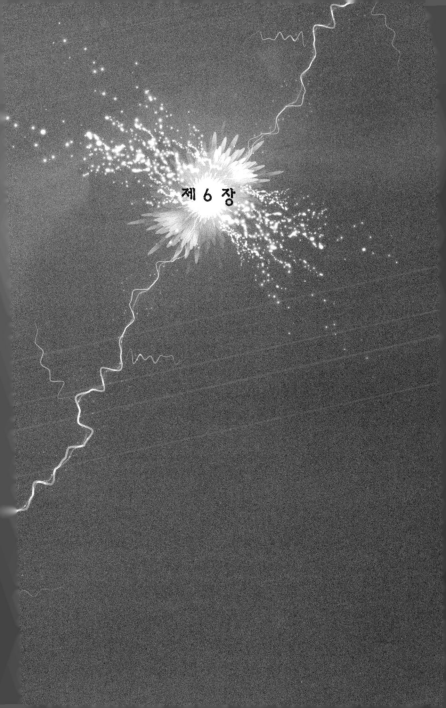

제 6 장

한때 적이기는 했지만 결코 미워할 수 없는 사연을 지닌 여자다.

'나에게 또다시 세뇌를 당해 이전과 같은 삶을 살아간다면 그건 이 여자에게 너무 가혹한 일이다. 더군다나 S급의 진성능력자를 얻을 수 있는 일이고.'

본질을 훼손하지 않아도 되고 그로 인해 그녀가 더욱 성장할 수 있으니 세뇌를 해서 꼭두각시로 만드는 것보다 훨씬 나았다.

'지시대로 하는 꼭두각시보다는 동료를 얻는 것이 여러모로 좋을 테고.'

곧바로 스페이스를 호출했다.

— 스페이스.

— 예, 마스터.

— 본질을 말살하고 각인은 하는 것 말고, 영혼에 나란 존재를 믿을 수 있는 동료로 새기는 것이 가능할까?

— 잠시만 기다려 주십시오.

대답과 함께 스페이스가 침묵 모드로 들어갔고, 잠시 후 대답이 들려왔다.

— 술식을 약간 변경하면 가능할 것 같습니다, 마스터.

— 좋아! 그럼 나에게 변경된 술식을 좀 알려줘.

— 전송하겠습니다.

— 고마워.

세뇌 작업을 위한 술식이 변경되어 곧바로 나에게 전송이 되었다.

기존의 술식을 크게 변경하는 것이 아니라서 그런지 금방 이해할 수 있었다.

'정말 대단하군. 이대로 하면 이 여자와는 동료가 될 수 있을 것이다.'

정신계 마법을 조금 알고 있기는 하지만 이건 아예 차원이 달랐다.

'영혼에 대해서도 간섭을 할 수 있는 수준의 마법이다. 이런 것을 알고 있는 스페이스는 도대체 뭘까?'

스페이스에 대해서 알면 알수록 놀라움뿐이다.

'그런 걸 생각할 때가 아니다. 어차피 스페이스는 나와 하나니.'

스페이스에 대한 생각을 접고 알려준 것을 천화에게 어떻게 시전할지 검토했다.

'별다른 문제는 없을 것 같구나.'

특별히 문제가 될 요소는 없었기에 스페이스가 바꿔준 술식대로 시행하기로 했다.

— 이제부터 당신과 나는 생사를 같이 할 동료입니다. 그러면 당신이 그토록 원하던 동생의 복수를 할 수 있을 겁니다.

텔레파시를 통해 그녀의 의식과 영혼에 나란 존재를 새기며 내 의지를 담은 에너지를 실었다.

이렇게 하면 바뀐 술식에 의해 내가 가진 에너지를 느끼기만 해도 그녀는 나란 존재를 동료로 인식하게 될 것이다.

10여 분 동안 스페이스가 바꿔준 술식대로 그녀의 의식과 영혼에 간섭을 했다.

티—잉!!

작업이 완전히 끝나서 자아를 되찾아 그런 것인지 천화의 뇌에서 발생한 의식이 내가 주입하는 에너지를 강하게 튕겨냈다.

'끝났군.'

세뇌에 가까운 작업이 끝났음을 확인했기에 머리에 댄 손을 치웠다.

내가 손을 떼자마자 천화가 눈을 떴고, 새카만 눈동자가 보였다.

'흑요석처럼 아름답다.'

참으로 맑은 눈이라 잘했다는 생각이 들었다.

"나를 구한 것이 당신이군요."

"상황이 그렇게 됐소."

"고마워요."

"불편할 텐데, 그곳에서 이만 나오는 것이 좋겠소."

"알았어요."

천화가 캡슐에서 몸을 일으켰다.

옷을 전혀 입지 않아 나신이었지만 천화는 전혀 부끄러워하는 기색이 없었다.

'자신이 어떤 일을 겪었는지 아는 모양이군.'

담당한 표정을 보아하니 죽음에 가까운 상황을 겪은 후에 자신의 더미의 몸으로 교체를 한 것을 알고 있는 모양이다.

"입을 옷을 가져올 테니, 잠시 기다려 주시오."

"알았어요."

체형이 비슷하기에 맨션으로 올라가 아리가 남겨놓은 옷가지를 가지고 왔다.

가져온 옷을 건네자 천화는 말없이 옷을 입었다.

"당신은 누구죠?"

"난 대한민국의 요원이오. 당신을 구하게 된 것은……."

전부는 아니지만 내가 하는 일과 정보를 이야기해 주었다.

육체의 죽음을 맞이한 이후의 기억이 없을 것이기에 자금성에서 사건이 일어난 이후의 사정에 대해서도 설명을 해주었다.

그리고 장호를 구하려다가 같이 구하게 된 것도 말해주었다.

"더미에 내 뇌를 이식한 것 같은데, 당신도 나에게 수작을 부린 건가요?"

이야기를 다 들은 천화가 조용한 어조로 내게 물었다.

"당신이 가진 기억을 읽을 수 있어서 세뇌 작업을 하려고 했지만 하지 않았소. 비록 적이었다고는 해도 당신 역시 피해자나 마찬가지니까 말이오. 그래도 S급 진성능력자라 예상치 못한 상황을 대비하지 않을 수는 없었소. 해서, 당신이 가진 영혼에 본질을 훼손하지 않는 범위에서 찾은 방법이 바로 나를 당신의 동료로 인식을 시키는 것이었소."

이제부터는 동료라고 할 수 있기에 사실대로 말을 해주었다.

"휴우, 나로서는 뭐라고 할 수도 없는 일이었군요. 당신으로서는 나를 위한 최선의 선택이었을 테니까 말이죠."

"미안하오."

어찌 되었건 천화의 의사에 반해 한 일이라 진심을 담아 사과를 했다.

"아니에요. 앞날을 위해서라도 당신과 동료가 되었다니 다행이에요. 그리고 고마워요. 비록 본래의 몸이 아니지만, 당신 덕분에 본질이 훼손되지 않고 새로운 삶을 살아갈 수 있게 되어서. 앞으로 잘 부탁해요."

"이해해 줘서 고맙소. 앞으로 잘 부탁하겠소."

"그나저나 대륙천안의 눈을 해결하신 것 같은데……."

천화가 쓰러져 있는 자를 가리키며 말끝을 흐렸다.

"그렇소. 내가 활동하는 데 귀찮아질 것 같아서 말이오."

"다른 이들은 어디 있죠?"

"잠시만 기다리시오."

— 스페이스, 전부 소환해.

— 예, 마스터.

팟!

대답이 끝남과 동시에 아공간에서 소환된 이들이 바닥에 나타났다.

"대단하네요. 생물체를 보관할 수 있는 아공간이라니……."

무척이나 놀란 표정이다.

"아주 흥미롭군요."

"어쩌다가 운 좋게 얻을 수 있었소."

"운이 좋다고 얻을 수 있는 것이 아니라고 알고 있어요. 아공간에 살아 있는 생물체를 보관하는 것은 불가능하다고 알고 있는데 말이죠."

"별로 특별할 것도 없는 일이오."

"그렇군요. 그나저나 이들을 어떻게 할 생각인 거죠?"

자세하게 말해주지 않자 아공간에 대해 잠시 이채를 보이던 천화가 물었다.

"저기 있는 등정원과 보안 요원들을 제외하고 다른 이들은 정신을 제압당한 것 같아 풀어볼 생각이오."

"그것까지 알아냈군요. 상황실 요원들은 대류천안에 납치되어 특별한 방법으로 세뇌를 당한 후 꼭두각시처럼 이용만 당한 사람들이에요. 하지만 세뇌를 풀기가 그리 만만치 않은데 가능하겠어요?"

"가능할 것도 같소."

"불쌍한 사람들이니까 확실해야 할 거예요. 세뇌를 잘못 풀었다가는 백치가 되어버리니까요."

세뇌를 풀려다가 실패하면 죽음보다 못한 상황이 되기에 천화가 경고했다.

지하에 있는 상황실을 운영하는 요원들은 대부분 세뇌를 당해 노예처럼 부려진 자들이다.

천화의 말대로 불쌍한 이들이라 나도 세뇌된 것을 해제해 주고 싶다.

정보수집과 분석, 그리고 통신에 특화된 능력을 가진 자들이라 물론 그냥 해제를 할 생각은 없다.

꼭두각시처럼 이용을 당하면서도 대륙천안의 정보를 주무르던 것을 보면 능력이 탁월한 자들이니 내가 활용할 생각이다.

해제해 주고 자유롭게 해줘봐야 다시 대륙천안에 붙들려 이용만 당할 테니 말이다.

그리고 저들의 뇌리에 펼쳐진 금제와 천화를 깨울 때 술식을 혼합한다면 재미있는 결과를 얻을 수 있을 것 같다.

등정원을 비롯한 보안 요원으로 보이는 자들도 충분히 제압을 해 활용할 수 있을 것 같고 말이다.

"걱정 마시오. 그럴 일은 없을 테니."

쓰러져 있는 요원 중 하나를 들어 캡슐로 옮긴 후 뚜껑을 닫았다.

— 동기화는?

— 마쳤습니다.

— 그럼 제거하자.

뇌 속에 틀어박혀 있는 금속 조각들은 침술에 사용되는 침이다.

뇌에 박혀 있는 것들이라 아주 정교하게 뽑아내야 하기에 손으로는 할 수가 없는 상황이다.

캡슐에 장착된 의료 장치들을 이용해 침을 뽑아내야 했다.

머리카락보다 가느다란 은백색의 세침 같은 것들이 캡슐 내

벽에서 빠져나와 남자 요원의 머리에 닿더니, 이내 가죽과 머리뼈를 뚫고 뇌로 접근했다.

뇌 속의 상황은 스페이스를 통해 곧바로 인식이 되고 있는 상황이라 금속 조각으로 접근을 시키는 것은 그리 어렵지 않았다.

'이제부터 최대한 신중해야 한다.'

박혀 있는 금속 조각들은 눈으로 보이지 않는 작은 크기의 마법 금속이었다.

기생충처럼 뇌의 각 부분에 달라붙어 있었는데, 마력을 뇌 속으로 흘려보내 의식을 제어하는 매우 정교한 장치였다.

끝에 아주 작은 집게가 달린 은백색의 세침들이 마법 금속을 집었다.

'됐다.'

— 마스터, 조심하십시오.

떼려다가 스페이스의 말을 듣고 급하게 멈추었다.

— 그냥 부착한 것이 아니군.

— 그렇습니다.

— 마력의 움직임으로 볼 때 일정한 흐름으로 연동이 되고 있습니다.

큰일 날 뻔했다.

무사히 집기는 했지만 스페이스의 말대로라면 그대로 떼낼 수는 없었다.

'그냥 설치된 것이 아니라 의식의 흐름대로 설치된 것들이라 순서대로 빼내야 한다.'

마력의 흐름을 살폈다.

연동이 되는 흐름에 맞추어 주입했던 것과는 역순으로 거의 동시에 빼내야 한다.

그렇지 않으면 마법 금속이 폭발해 뇌가 곤죽이 되어버리니 말이다.

— 타이밍을 재 줘.

— 예, 마스터.

스페이스가 흐름을 살피며 제거할 순간이 되기를 숨죽여 기다렸다.

— 지금입니다.

사사삿!

108개에 달하는 마법으로 코팅된 금속 조각들이 순차적이지만 거의 동시에 떼졌다.

다행히도 반발 없이 무사히 떼 낼 수 있었다.

— 수고했어.

— 아닙니다.

— 아공간으로 회수해.

— 예, 마스터.

나중을 생각해 마법으로 코팅된 금속 조각들은 곧바로 아공간으로 불러들였다.

캡슐의 뚜껑을 열고 아직 의식이 없는 요원을 꺼내 바닥에 눕혔다.

곧바로 다음 요원을 캡슐에 눕히고 작업을 진행했다.

요령이 생겨서 인지 첫 번째보다는 훨씬 수월하게 작업을 끝낼 수 있었다.

그렇게 바닥에 누워 있는 이들의 뇌 속에 들어 있는 금제 장치들을 하나하나 제거해 나갔다.

해제 작업이 끝나자 천화가 눈을 동그랗게 뜨며 나를 바라봤다.

"대단하군요. 한 명도 실패하지 않고 성공하다니."

"그리 어려운 일도 아니었소. 주입한 역순대로 빼내기만 하면 되는 일이었으니."

"아니에요. 삽입하는 작업을 준비하는 것만 해도 거의 하루가 걸리는 작업이에요. 그리고 대류천안에서도 금제를 해제하려고 몇 번 시도를 해봤지만 한 번도 성공을 하지 못했어요. 시도를 하자마자 폭발이 일어나 대부분 죽어버렸으니까요. 그런데 저들은 앞으로 어떻게 할 생각이죠?"

천화가 등정원 일행을 눈빛으로 가리키며 물었다.

"후후후, 자신들이 했던 짓을 그대로 돌려받는 것도 재미있을 것 같지 않소?"

"설마?"

"아마 설마가 맞을 거요."

"당신도 금제를 할 수 있다는 말인가요?"

"그렇소."

"어, 어떻게? 그건 다른 차원에서 넘어온 자들만 가능한 것이 아닌가요?"

"못할 것은 또 뭐가 있겠소."

네크로맨서의 기억을 온전히 가지고 있기도 하지만 내게는 스페이스가 있으니 충분히 가능하기에 등정원을 캡슐에 눕혔다.

그러고는 기억에 있는 대로 아공간에서 마법으로 코팅된 금속 조각을 꺼낸 후 세침의 집게에 장착시켜 등정원의 뇌 속에 박아 넣었다.

'이걸 박아 넣는다고 해서 세뇌가 끝나는 것은 아니지.'

마법적인 흐름이 연동해 작동하도록 하는 것과 동시에 금제의 주인이 나임을 각인시키는 작업이 남아 있었다.

마나 엔진을 돌려 끌어 올린 에너지를 세침을 따라 코팅된 마법 금속에 흘려 넣었다.

'성공이군.'

내 고유의 차장이 담긴 에너지가 마법 금속들을 연결하더니 이내 마법이 정상적으로 작동하기 시작했다.

등정원을 꺼낸 후 나머지 자들도 금제 장치를 장착했고, 모두 정상적으로 작동을 했다.

최면을 통한 암시나 정신대법이 아닌 마법적 장치를 통해 내 에너지 파장을 느끼는 순간 절대적으로 복종하도록 만들어진 것이라 이제 저들은 내 수하들이었다.

"이런 것이 정말 가능하군요. 대륙천안에서 알았다면 입에 거품을 물었을 거예요."

"하하하, 그렇다고 하지 않았소."

"이제는 믿겠어요. 실패했다면 저렇게 살아 있을 리가 없으니 말이죠. 그럼, 상황실 요원들은 어떻게 할 건가요?"

"금제를 하지 않았지만 그들은 나름대로 조치를 취했소."

"무슨 말이죠?"

"당신과 비슷한 상태요."

"다행이에요. 정말 불쌍한 사람들이니 말이죠. 어차피 그냥 풀어준다고 해도 대륙천안의 촉수를 피하기는 힘들 테니 당신 밑에 있는 것이 좋을 것 같네요."

"혹시, 아는 자들이오?"

"자금성에서 그런 꼴을 당하기 전까지 제가 데리고 있던 사람들이에요."

"정말 당신이 데리고 있던 사람들이라는 말이오?"

"맞아요. 대륙천안에서 대외 정보를 수집하고 분석하는 천안의 수장이 바로 저였어요. 그런 위치에 있지 않았다면 아무리 단서가 있다고 하더라도 동생의 일도 몰랐을 거예요."

이건 기억을 읽었지만 알 수 없었던 일이었다.

— 어떻게 된 일이지?

— 아마도 제가 파악하지 못한 또 다른 금제가 있는 것 같습니다.

— 으음.

"왜 말을 하지 않죠?"

스페이스와 대화하느라 말을 하지 않았더니 궁금한 듯 묻는다.

"아무래도 당신에게는 또 다른 금제가 걸려 있는 것 같아서 그렇소."

"다른 금제가요?"

"그렇소. 당신의 의식을 제어하면서 기억을 살펴봤지만 천안이나 저 사람들에 대한 정보는 없었었소."

"음, 누군가 내 기억을 통제했다는 말이군요?"

인상을 찌푸리며 말하고 있기는 하지만 정보조직은 운영한 사람답게 금방 알아듣는다.

"그런 것 같소."

"살펴볼 생각인가요?"

"당신이 허락한다면."

"알았어요. 그렇게 하는 것이 좋겠어요. 놈들이 내 머릿속에 금제를 걸어놨다는 것 자체가 나로서도 찝찝하니까요. 저기에 누우면 될까요?"

"만약을 위해서 그러는 것이 좋을 것 같소."

천화는 자진해서 캡슐 안으로 들어가서 누웠고, 곧바로 그녀의 머리에 양손을 대고 의식을 집중했다.

― 스페이스, 들어간다.

― 상황을 체크하겠습니다.

스스로 통제권을 넘긴 탓인지 수월하게 접속을 할 수 있었다.

내가 의식에 접속을 하자 천화의 눈이 감긴다.

기억의 단면만이 아니라 잠재의식 깊숙이 파고들어갔다.

뇌파를 읽어가며 기억을 살폈지만 전에 읽었던 것과 별다른 것이 없었다.

'분명히 있다. 분명히…….'

조금 더 정신을 집중해서 살폈다.

그리고 무심히 지나쳤던 것을 찾아낼 수 있었다.

기억들 사이에 단편적으로 끼워져 있던 의미를 알 수 없었던 기억들이 있었다.

천화의 기억이라고 생각하기에는 조금 생뚱맞은 기억들이었다.

그런 기억들을 하나로 불러 모았다.

─ 암호화된 퍼즐입니다.

─ 그런 것 같다.

기억들이 뒤죽박죽 섞여 있지만 전체적으로 살펴보니 하나의 기억에서 나뉘어져 다른 기억에 섞여 있던 것들이었다.

퍼즐을 맞추는 것처럼 기억이 이어지는 부분을 하나하나 찾아내어 연결을 시켰다.

기억은 단순했다.

어린 소녀가 산으로 놀러가 호기심 어린 표정으로 동굴로 들어가는 장면이었다.

'저 안에 뭔가 있다. 기억의 잔상 속으로 들어가 보자.'

소녀가 동굴로 들어간 후 기억이 끊어졌지만 그 안에 뭔가 있을 것이라는 직감이 들었다.

─ 기억 속으로 들어가 보겠다.

─ 위험합니다.

─ 인위적인 기억 같으니 별다른 일은 없을 거다.

기억의 잔상 속이라는 것이 심층 의식의 가장 밑바닥이라 자칫 빠져 나올 수 없을 지도 몰라 스페이스가 경고했지만 무시하기로 했다.

자연스러운 기억이 아니라 누군가의 의도로 심어진 가공의 기억이라는 것을 본능적으로 느꼈기 때문이다.

기억의 잔상 속으로 들어가자 동굴이 보였다.

'자연적인 동굴에 인공을 가미한 흔적이라…….'

손으로 더듬어 보니 까칠한 감촉마저 느껴졌다.

실제 세상에 와 있는 것처럼 사실적으로 보이는 동굴이다.

'여긴 위험하겠군. 도대체 뭘 감춰놓았기에…….'

동굴 안으로 더 들어가자 살벌한 기운이 느껴진다.

지금까지 경험했던 것과는 비교도 할 수 없는 강렬한 살기가 동굴 안에 감돌고 있다.

자세히 살펴보니 동굴 바닥과 천정, 그리고 옆면에 기이한 문양들이 음각되어 새겨져 있다.

'태극과 팔괘가 교묘하게 배합된 형식이다. 지하 벙커에서 보았던 결계에다가 기관을 함께 설치한 것이 분명하군.'

지하 벙커의 창고를 막고 있던 결계의 흐름을 새겨진 문양들에서 확인할 수 있었다.

결계를 뚫고 들어가는 것은 어렵지 않지만 문제가 되는 것은 기관이었다.

'대단하군. 타인에 의식 속에 강제로 이런 것을 심어둘 수 있다니 말이야. 여기 있는 기관들은 현실의 것과는 작동하는 방식도 달라 위험할 수 있다. 몸에는 타격을 주지 않겠지만 정신을 갈가리 찢어발길 수 있을 테니까.'

지금까지 별 탈 없이 내가 마음을 먹은 대로 할 수 있었지만 이건 쉽지 않을 것 같다.

새삼 대륙천안의 힘에 놀라지 않을 수 없다.

'천화의 의식에 간섭을 할 수 있었던 것은 더미와 동화시키면서 네크로맨서의 마법을 토대로 의식을 조작할 수 있어서일 것이다. 그렇다면 나도 할 수 있다는 말인데…….'

네크로맨서가 가졌던 기억을 전부 가지고 있지만 현실에서 그의 마법을 전부 사용하려면 스페이스의 도움을 받아야 한다.

그렇지만 여기는 의식 속이다.

내 의지만 있다면 충분히 사용할 수가 있다.

더군다나 스페이스가 가지고 있던 마도학이라면 여기 설치된 것을 파훼할 수 있을 것 같다.

우선 네크로맨서의 기억을 살폈다.

생명의 신비를 파헤치는 것이 네크로맨서의 사명이다.

인체의 신비뿐만 아니라 근간이 되는 정신마저도 네크로맨서의 탐구 대상이다.

기억을 토대로 정신마법을 탐구하면서 스페이스가 알려준 마도학 중에 정신과 관련한 것들을 인스톨시켰다.

이미 의식화된 상태로 천화의 의식에 들어온 터라 스페이스의 도움이 없어도 가능한 일이었기에 정신과 의식에 관한 모든 것을 인식할 수 있었다.

'충분히 가능하다.'

지금 눈앞에 놓인 관문을 정신적인 결과물이다.

마법적인 힘이 분명하기는 하지만 설치한 자의 의지가 많이 작용하는 것이다.

의식을 뚫고 이런 정신결계를 형성했다고는 하지만 이곳은 본래 천화의 의식 깊숙한 곳이다.

천화의 의식이 나에게 동조한다면 절대의 힘을 발휘할 수 있다는 사실을 깨달았다.

'푸는 것이 그리 어렵지는 않겠군.'

흐름을 알기에 천천히 걸어 결계 안으로 들어섰다.

파파파팟!

사방을 점하며 날카로운 창들이 나타났다.

까가가강!

깨달은 후 생각이 일자마자 이미 천화의 의식과 동조를 끝낸 상태다.

쇄도한 창들이 일제히 깨져나가며 산산이 부서진 후 사라진다.

계속해서 안으로 걸어 들어갔다.

칼이 찔러 들어오고, 암기도 날아왔지만 내 정신체 주변에 쳐진 절대방어의 배리어는 뚫지 못했다.

백색으로 작열하는 화염도, 닿으면 모든 것을 녹여 버리는 독들도 소용이 없었다.

그렇게 모든 것을 무용지물로 돌리며 결계를 벗어날 수 있었다.

'결계와 기관 말고 또 다른 것들도 있는 모양이군.'

결계를 벗어난 지역은 안개가 낀 것처럼 모든 것이 뿌옇게 보였는데 느껴지는 감각으로 볼 때 동굴이 아니었다.

'뭔가 오는군.'

나를 중심으로 뭔가 다가오는 것이 느껴졌다.

슈슈슈슛!

느끼는 것과 동시에 공격이 시작되었다.

'이런! 위험하다.'

절대방어의 배리어가 쳐져 있었지만 그대로 뚫고 들어오는 것을 느끼며 몸을 움직였다.

지금도 계속해서 피하는 중이다.

위험을 감지하고 피하지 않았으면 큰일 날 뻔했다.

'주변에 퍼진 안개가 침투해 배리어의 밀도를 떨어트리는구나. 의식에 직접 간섭하는 것인가?'

주변에 잔뜩 끼어 있는 안개를 이용해 천화의 의식이 관여할 수 없게 만들어진 독립된 의식 공간이다.

어떤 식으로 공격이 진행이 되는지 알 수 있었다.

공격의 주체는 안개였다.

내 의식에도 침투해 내가 만들어낸 배리어에 간섭을 하며 구멍을 만들어내고 그곳을 통해 공격을 하는 것이다.

배리어에 불의 기운을 수십 겹 증폭시켰다.

'가랏!'

화르르르르!

그리고 가장 바깥쪽에 있는 불의 기운을 팽창시키자 나를 중심으로 화염이 사방으로 퍼져 나갔다.

불의 기운은 화염이 일렁이는 모습으로 안개를 소멸시키기 시작했다.

연속해서 불의 기운을 팽창시키며 소멸시키자 안개가 점차 사라졌다.

정신이 아찔해질 때까지 그렇게 하자 안개가 모두 소멸하고 새로운 공간이 나타났다.

'도서관 같군.'

새로 나타난 공간에는 서가가 끝을 알 수 없이 줄지어 늘어서 있고, 서가 안에는 두툼한 장서들이 넣어져 있었다.

서가로 다가가 장서를 하나 꺼냈다.

'티엔샤 바이오?'

흥미롭게도 꺼낸 장서의 앞쪽에는 내가 무너트린 티엔샤 바이오라는 제목이 적혀 있었다.

책을 펼쳐들자 읽지도 않았는데 티엔샤 바이오에 관한 내용이 인식이 됐다.

'끝이 아니군.'

티엔샤 바이오라는 제목이 적혀 있는 책의 정보가 인식되고 난 후 책이 하나가 아님을 알 수 있었다.

옆에 있는 장서를 하나 꺼내자 거기에도 같은 제목이 달려 있었다.

장서를 꺼내 펼치자 또다시 정보가 인식이 됐다.

티엔샤 바이오에 관한 정보가 담겨 있는 장서는 모두 41권이었는데, 모두 꺼내 인식을 할 수 있었다.

'재미있군. 이런 식으로 정보를 가공해 다른 사람의 의식에 보관을 할 수 있다니 말이야. 혹시, 아카식 레코드를 모방해서 만든 건가?'

우주의 모든 정보가 담겨 있는 의식의 도서관이 바로 아카식 레코드다.

초월자라도 일부만 접속이 가능하다는 아카식 레코드가 이런 형태가 아닌가 싶은 생각이 든다.

'이런 식으로는 이 안에 담겨 있는 장서의 정보를 인식할 수 없다. 시간도 시간이지만 천화가 위험할 수 있으니 말이야. 결계도 해제됐고, 이곳을 보호하고 있던 안개로 모두 처리했으니 스페이스를 불러 올 수 있을까?'

— 마스터! 동기화가 끊어져서 걱정했습니다.

생각이 일자 곧바로 스페이스와 연결이 되는 것을 보니 쓸데없는 생각이었나 보다.

― 나는 괜찮다.

― 그런데 여기 있는 장서들은 뭡니까?

― 정보를 담아놓은 것 같은데, 네가 인식할 수 있을까?

― 쉽지는 않아 보입니다만, 가능할 것 같기는 합니다.

― 가능해?

― 그렇습니다. 다만 마스터의 허락이 필요합니다.

― 내 허락이라니 무슨 말이지?

― 일반적인 접속으로는 어려울 것 같고, 제가 현신을 해야 할 것 같습니다.

현신이라면 실체화가 가능하다는 소리였다.

에고라고 할 수 있는 존재가 현신하다니 믿을 수 없는 일이었다.

― 현신하다니, 그게 무슨 말이지?

― 여기는 의식 공간이라 마스터께서 허락하신다면 제 아바타를 만들 수 있습니다.

― 아바타를 만들어서 뭐 하게.

― 일단 이 공간은 마스터를 주인으로 인식한 것 같습니다. 그렇다면 제가 현신해서 이 공간을 마스터의 의식으로 한꺼번에 옮길 수가 있습니다.

― 위험한 요소는?

― 전혀 없습니다.

─ 그럼 해봐.

팟!

내 승낙이 끝나기 무섭게 작은 소년의 모습이 눈앞에 나타났다.

"처음으로 인사드립니다, 마스터!"

"스페이스?"

"그렇습니다."

"조금 전보다는 대화하기는 편하군."

"조금 걱정을 했는데 마스터가 만족하신다니 다행입니다. 그럼 이 장서들을 마스터의 의식으로 옮기는 작업을 진행하겠습니다."

"그렇게 하도록 해."

"그럼."

승낙을 하자 기쁜 표정을 지어 보인 스페이스가 양손을 들어 수인을 맺었다.

푸른빛이 손에서 퍼져 나오더니 장서들이 담긴 서가를 감싸 나갔다.

끝이 보이는 않는 서가를 푸른빛이 점령하는 데는 그다지 많은 시간은 걸리지 않았다.

팟!

서가들이 눈 깜빡할 사이에 사라져 버렸다.

내 의식 속으로 모두 옮겨진 것이다.

"모두 마스터의 의식 속으로 옮겼습니다. 의식 속으로 옮겨진 정보들은 제 본체를 통해 언제든지 마스터께서 원하시면 인식이 될 겁니다."

"수고했다."

"그럼!"

정중하게 인사를 한 후 눈앞에 서 있던 스페이스의 모습이 꺼지듯 사라졌고, 결계와 안개가 끼어 있던 공간도 모두 사라지고 없었다.

'존재할 의미를 잃어서 설치된 것들이 모두 사라지고 다시 천화의 의식 속이군.'

동굴도 사라지고 없는 천화의 의식 속이라는 것을 확인하고 곧바로 심층 의식에서 벗어나 표층 의식으로 올라온 뒤 의식을 거두어 들였다.

내가 손을 떼자 천화가 눈을 떴다.

"전부 끝났나요?"

"다 끝났소. 이제 나와도 될 것 같소."

"휴우."

천화가 한숨을 쉬더니 캡슐에서 나왔다.

"왜 한숨을 쉬었던 거요?"

"당신 말투 때문에요."

"내 말투?"

"그게 뭐예요. 나랑 같은 나이 같은데. 이제 동료가 됐고, 나이도 같은데 아저씨 같은 말투는 좀 듣기 불편해요."

"그럼……."

"지금부터 친구해요. 우리."

"친구라, 괜찮겠어?"

"좋아. 이제부터 말 트고 지내는 거다."

"알았다."

정보 계통에서 일해서 그런지 보이는 것과는 달리 남성적인 면이 있는 것 같다.

"그나저나 이제 어떻게 할 거니?"

"이제 중국을 빠져나가야겠지."

"쉽지 않을 거야. 대륙천안에서 본격적으로 나선 것 같으니까."

"그게 무슨 말이야?"

"저 등정원이라는 자식은 대륙천안에서도 제법 서열이 높은 자야. S급 진성능력자가 아님에도 나를 대신해서 천안을 지휘할 정도로 말이야."

"이제 진짜들이 나서기 시작했다는 거구나?"

"그래. 그들이 나서면 문제가 심각해질 수도 있어. 대륙천안에는 나도 모르는 실력자들이 우글대니까 말이야."

"걱정하지 마. 다 방법이 있으니까 말이야."

"무슨 방법?"

천화가 동그랗게 눈을 뜨고 나를 바라본다.

"등정원과 저놈들은 이곳에 그냥 놔둘 거야. 세뇌를 해 놔서 앞으로 대륙천안의 정보를 얻는데 유용하니까 말이야. 그리고 네가 데리고 있는 요원들은 전부 한국으로 데리고 갈 거야."

"내 말 못 들었니? 정말 위험하다니까. 저들을 통해서 너를 역으로 추적할 수도 있어."

"걱정하지 마. 누구도 저들이 세뇌에 걸렸다는 것을 발견할 수 없을 테니까."

"알았어. 네가 그리 말을 하니……. 그런데 저 사람들은 어떻게 데리고 넘어갈 건데?"

"아공간에 넣어서 데리고 갈 거야. 물론 너도."

"아, 아공간?"

"후후후, 걱정하지 마. 내 아공간은 살아 있는 것들도 보관할 수 있으니 말이야. 네가 깨어나기 전에도 내 아공간에 보관이 되어 있었어."

"아까는 궁금해도 참았지만 어떻게 그런 아공간이 있을 수 있니?"

"내가 특별한 것을 좀 얻었거든."

"하지만 난 아공간은 싫은데……."

"싫다면 다른 방법도 있어."

"다른 방법?"

"그래, 너는 나랑 같이 가도 될 거야. 이동할 때 비공기를 사용할 생각이니까."

"비공기? 하지만……."

"S급 진성능력자도 발견할 수 없는 거야. 현존하는 탐지기로는 절대 발견할 수 없는 것이고."

"으음, 너 정체가 도대체 뭐니?"

개인이 가질 수 없는 비공기까지 있다고 하니 천화가 궁금증을 드러냈다.

"내가 이야기하지 않았나? 대한민국의 스페셜 요원이라고 말이야."

"스페셜 요원……."

내가 대답한 생각이 없다고 생각했는지 천화를 말끝을 흐리며 더 이상 묻지 않았다.

"일단 이 사람들을 아공간에 넣을 거야."

팟!

등정원과 상황실 요원들이 전부 사라졌다.

"내 수하들은 데리고 간다고 쳐도, 등정원과 놈들은 어떻게 할 거니? 이곳에 그냥 놔둘 수는 없잖아."

"적당한 시기에 중난하이 근처에 떨궈놓을 생각이야. 깨어나게 되면 알아서 할 거야."

"알았어. 그러면 문제가 없겠네. 그나저나 언제 한국으로 들어갈 거니?"

"내일 갈 거니까 올라가서 좀 쉬자."

"올라가서? 여기서 머무는 것이 아니었어?"

"여기는 그냥 연구실 같은 곳이야. 사람이 머물 만한 공간이 아니지. 그리고 위에 맨션이 있어. 그곳에 있으면 될 거야. 그래도 대한민국에 가기 전까지는 편안하게 쉬어야 하지 않겠어?"

"알았어."

천화를 데리고 맨션으로 올라갔다.

밤이 늦은 시간이라 천화에게 손님용 방 하나를 내 주고 쉬도록 했다.

"방이 좋네. 난 씻고 잠을 좀 자야겠어."

"그렇게 해. 숙면을 하면 적응을 하는데 도움이 될 테니까 말이야."

"너는 곧바로 갈 거야?"

"그럴 거야. 늦으면 늦을수록 틈이 생기니까."

"그래. 빨리 돌아와."

"알았어."

손님방을 나와 엘리베이터로 갔다.

'피곤한 하루군. 하지만 마무리는 해야지.'

피곤하지만 등정원과 그의 수하들을 해결해야 마무리가 된다.

지하 주차장으로 내려가 차를 몰고 간 곳은 중난하이 근처에 있는 공원이었다.

공원의 약간 외진 숲 안쪽에 등정원과 그의 수하들을 아공간에서 꺼내 놓았다.

세뇌를 하면서 습격한 자들을 쫓다가 이곳에서 당한 것으로 대충 기억을 조작해 놓았기에 문제는 없을 것이다.

— 스페이스, 주변 기억을 지워.

— 예, 마스터.

마법을 직접 사용할 수는 없지만 스페이스의 의지를 통해 전투 슈트로 구현하는 것은 가능하다.

곧바로 주변 사물에 남아 있는 기억들이 지워졌다.

사이코메트리를 통해 이곳에서 일어난 일을 알아내려고 할 것이기에 대비를 한 것이다.

작업을 마치고 창투로 돌아오면서도 내 주변에 대한 기억을 지워 나갔다.

에너지가 많이 소모되는 일이었지만 꼭 필요한 일이었고, 아공간에 보관된 최상급 마나석들이 있어서 에너지 수급에는 문제는 없었다.

엘리베이터를 타고 맨션으로 올라갔다.

기척이 없기에 살펴보니 힘이 들었는지 천화는 내가 들어오는지도 모르고 잠들어 있었다.

'경계를 완전히 풀었군. 나도 씻고 한숨 자자.'

깨우기는 뭐 해서 내 방에 딸린 욕실에 들어가 샤워를 한 후 침대에 누웠다.

정신적으로 약간 피곤한 하루였지만 원하던 정보를 얻고 대륙천안에서 획책하는 일을 막았기에 기분이 좋았다.

'이제 돌아가도 되니 푹 자보자.'

등정원을 세뇌하며 필요한 정보는 모두 얻었다.

그자가 가진 기억대로라면 당분간 다른 대차원과 연결이 되는 게이트를 열 수는 없을 것이다.

게이트를 열기 위해 필요한 것들을 내가 싹 털어왔으니 말이다.

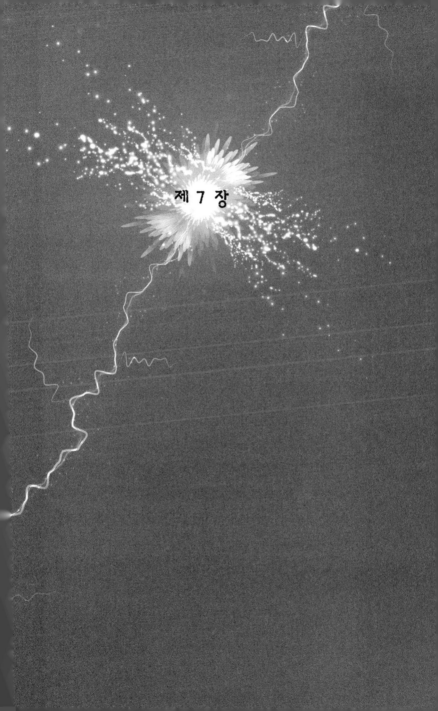

제 7 장

"커억!"

"무슨 일인가!"

시영후는 자신과 나란히 걷다가 갑작스럽게 비명을 토한 후 쓰러지는 장인보를 부축했다.

'눈동자가 완전히 돌아갔다.'

흰자위만 가득한 눈을 보면서 장인보가 막대한 정신적 타격을 입었음을 직감한 시영후는 곧바로 그의 머리에 손을 얹었다.

'의식이 전혀 없다.'

S급 진성능력자의 정신적 능력은 아주 특별하다.

정상상인 상대에서 정신 마법이나 세뇌로는 정신 방벽을 뚫기가 불가능하다는 것이 정석이다.

'누군가에게 당한 것이 아닌 것은 분명하다. 그렇다면 내부적인 원인이라는 건데……'

자신과 이야기를 나누며 걷다가 갑자기 쓰러진 상황이다.

상태를 보면 정신에 문제가 생긴 것이 분명했다.

'급하다.'

누군가의 정신 공격이 아니라면 모종의 이유로 인해 정신에 문제가 생겼다는 뜻이기에 마음이 다급해졌다.

자신의 능력을 활용해 다시 장인보의 의식을 살펴봤지만 유의미한 뇌파는 하나도 잡히지 않았다.

다시 회생할 가망성이 거의 없어 보였다.

'골치 아프군. 혹시 모르니 일단 병원으로 이송시키자. 의식이 없어진다고 해도 완전히 쓸모가 없는 것은 아니니까.'

생각을 정리한 시영후는 구급차를 부르기로 했다.

티엔샤 바이오가 무너진 이상 장인보를 보낼 곳은 한정되어 있었다.

주석 직속이라고 할 수 있는 북경군구에 속한 능력자연구소 밖에는 장인보를 치료할 곳이 없었다.

연락을 취하자 얼마 지나지 않아 극비리에 구급차가 왔고, 장인보를 싣고는 곧바로 연구소로 향했다.

드르르!

구급차가 떠나고 난 뒤 스마트폰의 진동을 하며 전화가 왔음을 알렸다.

상황실에 남아 있는 호장민으로부터 온 연락이었다.

"무슨 일인가?"

— 장인보가 쓰러지다니 걱정입니다.

"소식이 벌써 간 모양이군."

— 그렇습니다. 상황이 어떻습니까?

시영후를 보좌하는 무력 중 최고가 다섯 명의 S급 진성자로 이루어진 팀이다.

장인보가 팀장을 맡았던 터라 호장민이 걱정하듯 물었다.

"어쩌면 장인보를 포기해야 할지도 모를 것 같다."

— 그 정도로 심각합니까?

"의식이 아예 없다."

— 부장님께서 살펴보신 모양이군요. 그러면 앞으로 어떻게 하실 생각이십니까?

"아직은 뾰족한 수가 없다."

S급 진성능력자를 확보하는 것은 권력을 지탱하는 필수요소다.

이면세계를 활보하던 능력자들이 대변혁이 시작되고 나서 사라진 후 몰락해 가다가 무림이 다시 힘을 찾고 있었다.

전면에 나서기 시작한 무림의 조직들의 기세가 만만치 않은 가운데 대륙천안도 본격적으로 나서기 시작하고 있는 상황이다.

양쪽 모두 언제 발톱을 드러낼지 모르는데 자신이 투사할 수 있는 무력 중 가장 강력한 장인보가 쓸모가 없어졌다.

장인보라는 S급 진성능력자의 부재는 여러 면에서 뼈가 아플 수밖에 없었다.

― 국장님, 이번에 뇌격 프로젝트를 가동하는 것은 어떻습니까?

"뇌격을?"

― 예, 지금까지 준비해 온 것만으로도 충분히 가능할 것으로 판단되어 건의 드리는 겁니다.

뇌격은 진성능력자들을 제어하기 위해 준비해 온 프로젝트였다.

"가능한 건가?"

비밀리에 진행하는 프로젝트라고는 하지만 완벽하게 상용화하기 위해서는 몇 년 정도 더 걸릴 것이라고 생각하던 터라 시영후가 확인하듯 물었다.

― 투사체의 개발은 이미 완료가 된 상황입니다. 설계도와 시방서를 건네받은 후 시제품을 만들고 시험을 시학하면 최소 일 년에서 이 년이면 뇌격을 본격적으로 사용할 수 있을 겁니다.

진성능력자가 발휘하는 능력만큼이나 강력한 위력을 발휘하는 마도구를 개발하는 것이 뇌격 프로젝트다.

성공하기만 한다면 전력의 차이를 만회해 대한민국을 충분히 상대할 수 있을 것이 분명했다.

"알았다. 그렇다면 뇌격을 시작해라."

— 최선을 다하겠습니다.

호장민이 전화를 끊었다.

'아버님께 보고를 드려야겠군.'

대한민국의 국가정보원을 상대로 한 대규모 공작에 대해 보고를 한 지 얼마 되지 않았지만 아버지인 시천종을 만나야 했다.

시천종이 곧바로 아버지인 주석을 만나러 호장민은 전화를 끊고 저장된 번호 하나를 눌렀다.

드르르르!

스마트폰에서 진동이 오기에 잠에서 깨 호장민의 전화를 받았다.

"형님!"

— 지금 바쁜가? 자는 것을 방해한 것은 아니고?

"아닙니다. 어느 정도 구상을 잡았고, 생각을 정리하려고 여행을 떠날 준비하고 있습니다. 내일쯤 떠날 생각입니다."

— 연락이 되지 않을 줄 알았는데 다행이야.

"그런데 무슨 일이십니까?"

갑작스러운 전화에 의문이 들었다.

— 일은 아니고, 그냥 안부가 궁금해서 전화는 한 거니 너무 마음 쓰지 말게. 겸사겸사 알려줄 일도 있고 말이야.

"알려줄 일이라니요?"

— 우형도 당분간 해야 할 일이 생겨서 북경을 떠날 생각이네.

호장민이 북경을 떠난다니, 자는 사이 무슨 일이 일어난 것 같다.

"어디 먼 곳으로 가시는 겁니까?"

— 아니네. 이번에 중책을 맡게 되었는데 정부 일이라서 말이야. 더 이상은 동생에게도 이야기하기가 곤란하다네.

"그러시군요. 아무래도 중요한 정부 일을 맡으신 것 같으니 축하드립니다."

— 하하하하! 고맙네.

웃고는 있었지만 결의가 느껴지는 감정의 기운이 심상치 않다.

"그런데 얼마나 연락을 할 수 없는 겁니까?"

— 이런, 사업가라 그런지 눈치가 빠르군. 그래. 한 이삼 년은 연락을 할 수 없을걸세.

'분명 뭔가가 있다.'

"그렇게 오래 떠나 계신다니 아주 중요한 일인가 보군요?"

— 하하하! 그렇게까지는 아니고 연구를 감독하는 자리라 어느 정도 성과가 나올 때까지 자리를 지켜야 해서 그러네.

"그러시군요. 축하드릴 일이지만 형님과 연락을 하지 못한다니 섭섭합니다."

— 전화번호는 바꾸지 않을 테니 걱정하지 말게. 그리고 상황이 된다면 내가 그 전에 연락을 하도록 할 테니 서운해 하지도 말고 말이야.

"서운하기는요. 알겠습니다. 대신 건강 조심하십시오. 일에 치이다보면 자칫 건강을 잃으실 수 있습니다."

— 내 걱정을 해주는 것은 자네밖에 없군. 알았네. 자네도 건강 조심하고.

"예, 형님."

— 그만 끊겠네.

"들어가십시오."

호장민이 전화를 끊은 것을 확인하고 스마트폰의 전원을 껐다.

'무슨 일인지 알아봐야겠군.'

호장민이 맡은 중책이 무엇인지 궁금해졌기에 침대에서 일어나 밖으로 나갔다.

벌써 일어난 것인지 천화가 거실에서 스트레칭을 하고 있었다.

"누구 전화야?"

"호장민."

"국가안전부 부부장인 그 호장민?"

천화가 눈을 동그랗게 뜨며 묻는다.

"맞아. 바로 그 호장민이야."

"우와 대단하군. 대한민국의 요원이 그와 호형호제하는 사이라니 말이야."

"이곳에 거점을 만드느라 알게 된 사이야. 국가안전부 부부장이라는 것은 얼마 전에 알았고."

"빈틈이 없는 자인데 유대 관계를 맺은 것은 보면 꽤 유능한 스파이인가 봐?"

"훗! 웃기지 마. 유능하긴. 그나저나 볼일이 있는데 여기 있을 거야?"

"그래야겠지. 이 얼굴로 어디 돌아다닐 상황이 아니니까 말이야."

"모습을 변화시킬 수 있는 능력은 없는 모양이군."

"아니, 있기는 한데 원래 내 몸이 아니라서 지금은 힘들어. 동기화가 끝났다고는 하지만 아직 미세하게 어긋나는 부분이 있거든."

"그렇다면 나 혼자 돌아다녀야겠군."

"아침은 안 먹어?"

"아침이라."

대도시에 사는 중국 사람들 대부분은 아침 식사를 밖에서 해결을 한다.

출근하는 와중에 음식점에 들어 식사를 해결하거나, 두유 같은 것이나 만두 같은 것으로 간단히 때우는 편이다.

아니면 아예 굶거나 말이다.

'천화는 나갈 수 없으니 이곳에서 해결을 해야겠군.'

천화를 생각해 음식을 만들기로 했다.

"해줄 테니 스트레칭이나 하고 있어."

욕실로 가서 샤워를 한 후 주방으로 가서 간단하게 음식을 만들었다.

베이컨과 스크램블, 그리고 토스트로 구성 된 서양식 아침 식사였다.

만드는 동안 스트레칭을 마쳤는지 천화가 주방으로 들어와 식탁에 식기를 세팅했다.

냉장고에서 신선한 우유를 꺼내 식탁에 올려놓고, 접시에 음식과 토스트를 담아와 자리에 앉았다.

"으음, 아주 맛있어 보이는데!"

"간단한 건데, 뭘."

"난 아무것도 할 줄 모르지만 이 정도면 아주 수준급이야."

아침을 밖에서 사먹어서 그런지 한국과는 달리 도시에 사는 중국 여자들은 아침에 음식을 하는 경우는 드물다.

그 때문인지 천화는 아예 요리 같은 것을 해보지 못한 것 같다.

'식욕이 왕성한 편이군.'

스크램블과 베이컨을 포크를 이용해 잘도 먹는다.

가끔씩 토스트를 한 입 베어 물며 행복한 미소를 짓는 것을 보니 아리 생각이 난다.

'다시 볼 날이 있을 테지. 현무, 아리가 무사히 내 앞에 나타나야 할 거다. 그렇지 않으면 내가 어떻게 행동할지 모르니 말이야.'

내 표정이 이상했는지 천화가 먹는 것을 멈췄다.

"무슨 일 있어?"

"아니. 어서 먹어."

"알았어. 너도 빨리 먹어."

조금 전 같이 즐겁게 먹는 분위기는 아니었기에 표정을 풀고 음식을 먹기 시작했다.

식사를 다 마치고 설거지를 한 후 욕실로 가서 양치질을 했다.

옷을 갈아입은 후 1층으로 내려와 다시 엘리베이터를 타고 세 사람이 모여 있는 서태진의 연구실로 올라갔다.

만나기로 한 날이 아직 이틀이나 더 남았는데 이렇게 미리 가는 것은 이미 투사체의 개발이 완료되었다는 것을 알기 때문이다.

양치질을 하며 살펴보니 투사체 개발은 창업 인큐베이터로 들어오기 전에 이미 끝나 있었다.

내가 제공한 연구실에서 한 일이라고는 최신 장비를 이용해 부품을 제작하고 조립하는 것이 전부였다.

그간 얻은 정보대로라면 저들이 굳이 이곳 창업 인큐베이터에 들어 온 이유는 차원통제사가 된 이후에 필요한 마력 코인을 확보하기 위한 것이 확실한 것 같다.

마력 코인은 돈이 아무리 많다고 해도 쉽게 구할 수 있는 것이 아닌 탓이라고는 하지만 뭔가 급한 사정이 있는 것인지도 모른다.

'그 사정이라는 것이 뭔지는 잘 모르지만 중국정부나 군구, 그리고 대륙천안과 복작하게 얽혀 있는 것은 틀림없는 것 같은데 말이야……'

여러 번 확인한 사항이니 세 사람이 차원통제사가 되려는 것은 진심이 틀림없다.

문제는 세 사람의 배후다.

차원통제사가 되려는 세 사람이 속한 가문이나 세력에서 뭔가 꾸미는 것 같으니 말이다.

'일단 투사체부터 확인을 해보자.'

생각을 하다 보니 어느 새 연구실 앞이다.

삐익!

— 사장님!

— 잠시 기다리십시오.

인터폰으로 내가 왔음을 알리자 서태진이 직접 마중을 나왔다.

"무슨 일이십니까?"

"제가 한동안 북경을 떠나는 탓에 전에 제안했던 것에 대해서 결정을 해드리고 가야 할 것 같아 찾아왔습니다."

"오랫동안 떠나 계시는 겁니까?"

서태진이 의문이 섞인 눈빛으로 묻는다.

"생각할 것도 많고, 앞으로 어떻게 해야 할지 사업 구상도 해야 해서 상당히 오래 걸릴 것 같습니다."

"일단 들어오십시오. 마침 조립 작업을 하고 있었습니다."

"벌써요?"

"사정이 조금 생겨서요. 외장 작업이 끝나지는 않았지만 시제품이 어느 정도 위력을 가지고 있는 직접 살펴보실 수 있을 겁니다."

"궁금하니 어서 들어가 보죠."

"따라오십시오."

서태진의 안내를 받아 안으로 들어갔다.

안으로 들어가서 몇 개의 연구실을 지나치자 작업하는 곳이 나왔다.

'조금 있으면 끝나겠군.'

그곳에는 유대헌과 문세원이 나에게 보여줄 권총형의 투사체를 조립하고 있었다.

각자 한 대씩을 맡아서 조립을 하고 있었는데 거의 다 끝난 모양새였다.

"실례하겠습니다."

"어서 오십시오, 사장님."

"하하! 어서 오십시오."

두 사람의 웃는 얼굴로 내 인사를 받아주었다.

"사장님께서 일이 있어 오랫동안 떠나 계신다고 해서 보여드리려고 모시고 왔다."

"프로젝트 구상을 위해 여행을 떠나시는 모양이군요."

문세원의 말을 들어보니 나에 대해 상당한 조사를 했던 모양이다.

"그렇습니다."

"잘됐습니다. 사실 시험을 끝내고 보여드리려고 했는데 조립이 끝났으니 사장님께서도 참관하시면 될 것 같네요."

"곧바로 시험을 하실 생각입니까?"

"외장이야 투사체의 보호를 위해 덧붙이는 것이니 상관없습니다. 괜찮으시겠습니까?"

"알겠습니다. 참관하도록 하지요."

서태진이 투사체 앞으로 다가가더니 설명을 시작했다.

"그럼 먼저 설명을 드리겠습니다. 투사체는 지구에서 익숙한 총기 형태로 만들었습니다. 별도로 탄환을 집어넣는 방식이 아니라 에너지 스톤을 이용해 생성하는 방식을 사용했습니다. 아직 적용이 되지는 않았지만 공간왜곡장이나 아공간 마법을 사용한다면 투사체에서 발사되는 탄환은 무한하게 장착할 수 있을 겁니다."

"대단하군요."

"그보다 더 대단한 것은 유형화된 에너지 탄환의 속도와 파괴력입니다. 개선할 여지가 있기는 하지만 최종 완성본은 속도는 대략 마하의 네 배에서 다섯 배 정도의 속도가 나올 것이라 예측됩니다. 그리고 이번 시험 발사 시 속도는 두 배 정도로 조정을 했습니다."

"굉장한 속도군요. 마하 5의 속도라면 충격력도 상당하겠군요. 하지만 사용하는 사람이 발사 시에 발생하는 충격량을 견딜 수 있을지 모르겠습니다."

"그건 걱정하지 마십시오. 마법진을 이용해 반동으로 일어나는 에너지를 다시 마나 엔신으로 되돌리는 시스템을 갖추었고,

자체 개발한 외장을 덧붙인다면 장난감 총을 쏘는 것보다 반동이 적으니 말입니다."

"그렇군요."

"하지만 지금은 충격을 방지하는 외장을 덧붙이지 않아 일반적으로 사용하는 권총 정도의 반동이 일어날 겁니다."

"어느 정도일지 정말 궁금하군요."

권총의 탄환 속도는 마하 1이 조금 넘고, 소총의 탄환 속도는 마하 3이 조금 안 된다.

권총으로 마하 2라면 굉장한 속도인데 최종적으로 마하 5라면 엄청난 것이라고 할 수 있어 기대가 되었다.

"그럼 지금부터 시험을 해보겠습니다."

시험은 아주 간단한 방식이었다.

5센티미터 두께의 마법 금속판에다 대고 단발과 점사, 그리고 연사로 쏘게 되어 있었다.

사람이 직접 쏘는 것은 위험할 수도 있어 권총을 거치하고 고정시킨 후 로봇이 방아쇠를 당겨 쏘는 방식이었다.

탕! 탕! 탕!

타타탕!

타타타타타타타타탕!

총소리가 연이어 울려 퍼졌고, 방아쇠를 당기는 로봇을 물론이고, 거치대에 부착된 센서를 통해 계측된 각종 정보들이 모니터에 나타났다.

"스트레스 수치는?"

"제로!"

"부품 마모도와 이격은?"

"제로!"

"에너지 회수율은?"

"팔십오 퍼센트!"

'대단한 충격량이군.'

서태진의 물음에 두 사람이 연달아 대답을 하고 있었지만 내 관심은 마법 금속으로 만들어진 금속판에 가 있었다.

미스릴과 아다만티움에 운철까지 섞여진 것으로 보이는 5센티미터 두께의 금속판에 손가락 한 마디 크기로 깊숙이 파여 있었기 때문이다.

마하 3이 넘는다면 구멍이 숭숭 뚫릴 것 같았다.

— 어때?

— 아직 개선할 몇 가지 점이 보이기는 하지만 에너지 배리어를 생성하는 마법 금속에 저 정도 깊이로 충격을 줄 정도라면 정말 굉장한 투사체입니다.

— 외장을 덧붙이면 어느 정도나 될 것 같아?

— 최고 마하 4는 넘을 것 같습니다. 하지만 다섯 배는 어려울 것 같습니다.

― 최고 성능은 무리라는 말이군.

― 그렇습니다. 마나 엔진으로 되돌린다고 해도 삼 할이 채 되지를 않습니다. 한계가 있는 만큼 부품들이 견딜 수 있는 충격량을 계산해 볼 때 보완할 수 있는 마법진이 없다면 사용자에게 피해가 갈 수도 있을 겁니다.

― 조금 아쉽군. 개선할 방법은 없나?

― 몇 가지 부품을 마도합금으로 바꾸고, 마나 엔진을 개선한 후에 각종 마법으로 보조를 해준다면 최소 두 배는 성능을 높일 수 있을 것 같습니다.

― 두 배라… 물론 현재 성능의 두 배라는 거지?

― 그렇습니다.

― 그래도 이 정도만 해도 정말 대단하군. 이들이 차원통제사가 되는 것에 자신하는 것을 알겠어. 그런데 이들이 그렇게 성능을 향상시킬 수 있는 가능성은 어떻지?

― 불가능할 겁니다. 지금 제가 말씀을 드린 사항은 최소한 7서클의 마법사에 8클래스급의 마도학이 아니면 개선할 수 없는 상황이니 말입니다.

― 그렇군. 알았어. 서태진이 나에게 할 말이 있는 것 같으니 이만 끊자.

― 예, 마스터.

서태진이 실험결과를 확인하고 말을 걸어오기에 스페이스와 대화를 마쳤다.

"앞으로 지속성 실험만 거치면 충분히 사용할 수 있을 것 같은데 어떻게 보셨습니까?"

"이 정도만 해도 좋습니다. 투자하도록 하지요."

"고맙습니다."

"마력 코인을 얼마나 원하십니까?"

"한 사람당 천 개의 코인이면 충분합니다."

"천 개 정도면 제가 감당할 만하군요."

"고맙습니다."

서태진이 상기된 표정으로 고마움을 표시했다.

나머지 두 사람도 마찬가지인지 나를 보며 고개를 숙여 인사를 했다.

"정말 감사합니다. 잠시만 기다려 주실 수 있습니까?"

"그렇게 하지요."

"어서 외장까지 작업을 마치자."

서태진은 두 사람을 재촉해 두 대의 투사체에 외장을 장착하도록 했다.

검은색과 은색의 외장이 투사체를 감싸며 조립이 되는 것은 정말 금방이었다.

외장까지 조립이 끝나고 다시 한 번 발사 실험이 진행되었을 때는 두 대를 한꺼번에 실험을 했다.

10센티미터가 넘는 마법 금속판으로 교체를 하고 연이어 발사를 했는데, 에너지 스톤을 교체하면 발사된 탄환수가 1만 발이 되었을 때 실험을 멈추었다.

센서로 계측되는 것들을 확인하는 세 사람의 모습을 보니 무척이나 만족스러운 것 같다.

"지속성까지 실험이 끝났습니다. 예상만큼 나와서 기분이 좋군요."

"하하하, 대단합니다."

"감사합니다. 그리고 이번에 조립한 시제품들을 사장님께 드리고 싶습니다."

"처음 만들어진 것일 텐데 저에 주고 싶다는 말인가요?"

"총 다섯 정을 조립할 수 있는 부품을 만들었습니다. 저희들 것은 나중에 조립하면 됩니다."

"그렇다면 받도록 하지요."

"고맙습니다."

아부 차원의 선물이기에 두 말 없이 받아들였다.

"에너지 스톤만 있다면 계속해서 사용할 수 있으니 소모품과 함께 드리도록 하겠습니다."

서태진은 아직은 괜찮지만 다른 것보다 마모가 심해 교환을 해야 하는 부품들과 함께 시제품들을 케이스에 담아 나에게 건넸다.

"부품을 교체하는 것은 아주 간단합니다. 간단한 설명서를 넣어놨으니 혼자서도 교체가 가능할 겁니다."

"그렇군요. 그런데 바쁘신 일이 있는 것 같습니다."

설명을 들으면서 서태진이 조금 서두르시는 것 같은 느낌을 받았기에 물었다.

"사장님이 오시기 전에 마침 북경군구에서 연락이 왔었습니다."

"북경군구에서요?"

"투사체를 대량 생산할 기반 준비가 끝났다는 연락이었습니다. 그래서 저희들은 이곳에서 철수할 생각입니다."

"위험하지 않겠습니까?"

"하하하! 북경군구에서 오늘 밤에 온다고 해서 준비할 것이 많아 저희가 조급해 보였나 봅니다. 걱정하지 마십시오. 사장님께서 생각하시는 그런 것은 아니니 말입니다."

"그럼······."

"다운그레이드된 시제품과 제작에 필요한 설계도, 그리고 시방서를 전달하면 저희가 북경군구와 맺은 개발 계약이 끝납니다."

"그렇군요."

"사실 이곳에 연구실을 차린 것은 사장님과 인연을 만들기 위한 목적이 컸습니다. 이제 사장님과 인연을 맺었고, 마력 코인까지 얻었으니 북경군구에 인계하는 대로 이곳에서 철수할 생각입니다."

시제품을 가지고 이대로 사라질 것으로 생각했는데 이야기를 들어보니 그것이 아니었던 것 같다.

"알겠습니다. 여기서 철수하신다면 이제는 만나 뵙기 힘들겠군요."

"하하하, 아닙니다. 사장님께서도 회사의 지분을 가지고 계시니 다시 만날 수 있을 겁니다. 저희는 차원통제사가 된 후 차원무기상이 될 생각이니 말입니다."

"회사를 세워 차원 교류를 하는 국가들을 대상으로 무기들을 공급할 생각이군요?"

"그렇습니다. 다운그레이드 된 버전의 무기들을 생산하는 회사가 설립될 겁니다. 사장님이 계약을 통해 가지신 것이 바로 그 회사의 지분입니다."

"그럼 이 시제품은 뭡니까?"

"사실 사장님께 드린 시제품은 너무 고가의 재료가 들어가는 탓에 대량생산하기에는 한계가 있습니다. 거의 불가능한 것이라서 개인적으로 사용하려고 만든 것들입니다. 그리고 선물로 드린 것은 사장님께서 차원통제사가 되실 때 필요할 것 같아서였습니다."

차원통제사가 되어 차원 무역에 뛰어든다면 마력 코인이 필수이다 보니 나에게 잘 보이고 싶은 모양이다.

"무슨 말씀인지 잘 알겠습니다. 잘 쓰도록 하겠습니다. 바쁘실 테니 저는 이만 가보는 것이 좋을 것 같군요."

"죄송합니다. 차라도 한 잔 드려야 하는데⋯⋯."

정말 시간이 없는 듯 서태진이 미안해했다.

"아닙니다. 바쁘실 텐데 이 정도면 충분합니다. 더군다나 선물까지 받은 마당에 이렇게 미적거릴 수야 없지요."

"하하하! 알겠습니다. 이만 가시죠."

서태진의 배웅을 받으며 시제품이 담긴 케이스를 들고 연구실을 나섰다.

"그럼 나중에 뵙도록 하겠습니다."

"무운을 빌겠습니다. 그럼 이만."

창업 인큐베이터 입구에서 서태진과 인사를 나누고 난 후 엘리베이터를 탔다.

'급히 서두르는 것을 보니 북경군구와 맺은 계약의 이면 내용이 어떤 것인지 알아볼 필요가 있겠군.'

무기 회사 설립은 대륙천안과는 거리를 두고 진행이 되는 것 같아 알아볼 필요가 있을 것 같다.

아무래도 내가 벌인 일로 인해서 불똥이 튄 것 같으니 말이다.

— 스페이스, 지금 낭상 입그레이드가 가능할까?

─ 마스터께서 가지고 계신 차원 메탈이 가진 기능이라면 충분히 가능합니다. 업그레이드에 필요한 재료도 충분히 보유하고 있으니 걱정하지 않으셔도 됩니다.

─ 알았다.

'복제 시스템도 융합이 된 모양이군. 안가로 가야겠다.'

당분간 자리를 비워야 하기에 1층으로 내려가는 버튼을 눌렀다.

1층에서 전용 엘리베이터로 갈아타고 안가로 올라갔다.

서태진으로부터 받은 시제품들을 업그레이드한 후 안가를 폐쇄하기 위해서다.

─ 업그레이드를 시작해.

─ 예, 마스터.

차르르르르!

지시가 끝나기 무섭게 전투 슈트로 형상화되었던 차원 메탈이 작은 큐브 형태로 변해 눈앞에 나타났다.

─ 시제품들을 꺼내주십시오.

─ 알았어.

케이스에서 시제품들을 꺼내 들자 차원 메탈이 감싸기 시작한 후 손을 뗐다.

아공간에서 업그레이드에 필요한 재료들이 꺼내진 후 차원 메탈 속으로 잠겼다.

― 마법진을 인챈트하기 위해 지금부터 마스터가 보유하신 마나 엔진을 가동하겠습니다.

― 그렇게 해.

파츠츠츠츠!

승낙을 하자 차원 메탈 푸른색 스파크가 튀어나왔다.

'상당한 양이군.'

마도 금속과 보석들, 그리고 마도 물질들이 아공간에서 지속적으로 꺼내져 시제품을 감싸고 있는 차원 메탈 안으로 스며들었다.

'웅축시키는 건가?'

얼마나 많은지 탱크하나 만들 정도의 양이었는데도 불구하고 부피가 늘어나지 않았다.

파츠츠츠츠……

얼마 지나지 않아 튀어나오던 스파크가 가라앉았다.

― 끝난 건가?

― 그렇습니다.

― 어떻게 변한 거지?

― 강화를 시키고 효율을 높이기 위해 부품 전부에 마법진을 인챈트했습니다. 에너지 스톤을 이용한 탄환 장전 시스템을 개선하고, 마나 엔진의 에너지로도 탄환을 생성해 발사할 수 있도록 개선했습니다. 또한 강도를 100배 강화시켰고, 망실될 경우

자가 수복되도록 했습니다.

　― 속도나 충격량은 어떻게 되지?

　― 속도는 최대 마하 십! 그리고 충격량은 레일건의 두 배입니다.

　― 그럼, 에너지 스톤 소모량은?

　― 효율성이 개선되어 기존의 반 정도입니다.

　― 대단하군.

　― 마도학 관련 정보가 부족해서 그런지 에너지 효율성 측면에서는 나쁜 편이었습니다.

　― 그건 됐고, 지구에서 사용할 경우 너무 강력한데 조절이 가능한 건가?

　― 최고 출력에서 10단위로 조절을 할 수 있게 만들었습니다. 자동 유도 기능에 야간 모드는 물론, 사용자의 이미지 구현에 따라 다양한 종류의 탄환을 생성할 수 있도록 개선이 되었습니다. 마스터께서 사용법을 숙지할 수 있도록 인스톨시킬까요?

　― 그래. 당장 사용할 수도 있을지 모르니까 말이야.

　― 알겠습니다.

스페이스의 대답과 함께 곧바로 사용법에 대한 정보가 인식이 되었다.

　― 사용자 인식 과정을 거쳐야 하는군.

　― 마도학을 이용한 마도구 중에서도 드문 엑스트라 등급의

무기라 사용자 인식 기능을 넣었습니다.

― 그럼 곧바로 인식시키자. 다른 사람에 손에 들어간다면 큰일 나니까.

― 예, 마스터. 그럼 먼저 이름을 부여해 주시기 바랍니다.

― 검은 것은 렉스, 그리고 흰색은 샤벨이라고 지어줘.

― 예, 마스터. 렉스와 샤벨로 명명하고 사용자 인식 기능을 활성화합니다.

스페이스의 말과 함께 내 의식에 선명하게 두 자루의 권총이 자리 잡았다.

의식과 연결이 된 것이라 나 이외에는 그 누구도 사용할 수 없게 된 것이다.

― 인식이 잘 된 것 같군. 그럼 내가 나간 후 이곳 안가를 폐쇄해.

― 예, 마스터.

곧바로 안가를 나와 엘리베이터를 타자 폐쇄 작업이 시작이 됐다.

공간왜곡장이 가동되고 이면 공간으로 안가가 가려진 뒤, 폐쇄를 위해 별도로 마련한 3중으로 된 인식 차단 장치가 작동을 시작했다.

'이제 다 끝났군. 벙커 창고에 만들어져 있던 결계를 강화해 설치했으니 S급 진성능력자라 할지라도 발견할 수 없을 것

이다.'

센터의 일에 관여하고 있는 자들에 대한 정보는 등정원을 통해 넘치도록 얻었다.

더군다나 대륙천안의 움직임과 놈들이 다른 대차원과 연결된 게이트를 열려고 하는 이유도 알아냈다.

더군다나 가치를 측량할 수 없는 가외 소득으로 얻은 것들을 생각하면 이번 중국행은 앞으로 내 삶에 큰 전기가 될 것이다.

'차원통제사가 될 준비는 어느 정도 끝난 것 같으니 안심이다. 이제 호장민을 한 번 살펴볼까?'

대륙천안의 천주로 보이는 자로 인해 필요할 때만 아르고스를 이용해 호장민을 감시 중이었다.

중요한 일이 라는 것이 무엇인지 알아봐야했기에 스페이스를 호출했다.

— 스페이스.

— 예, 마스터.

— 호장민을 찾아봐.

— 이상합니다.

— 뭐가?

— 호장민이 존재하지 않습니다.

— 뭐?

통화한 지 얼마나 지났다고 호장민이 사라지고 없었다.

— 다시 찾아봐!

— 세 번 검색을 해봤지만 지구상에서 호장민의 존재감을 전혀 찾을 수 없습니다.

— 으음, 차원을 넘어갔다는 건가?

— 현재로서는 그렇게 추측할 수밖에 없습니다.

— 아쉽군.

지구상에 존재하지 않는다면 내릴 수 있는 결론은 하나밖에 없다.

'통합된 의식으로 바탕으로 삼환제령인으로 상시 의식할 수 있는 것은 지금은 두 곳뿐이니…….'

내 불찰이다.

삼환제령인으로 엮어 만들어진 의식들은 세 개로 통합이 되었다.

그중에 주된 의식에 통합된 두 개의 의식만을 상시 쓸 수 있다.

지금까지 암흑밖에 보이지 않는 아리와 투사체를 개발하는 서태진에게 집중하고 있었던 탓에 호장민의 행방을 놓쳐 버렸다.

완벽하게 익히지 못한 탓에 호장민을 놓쳐 버린 것이다.

'지금 상황에서 차원을 넘어 갔다면 연구한다는 것이 위험을 각오할 만큼 중요한 일일 것이다.'

사태를 전환시킬 중대한 일을 수행하는 것이 틀림없다.

지속적으로 감시를 해야 했는데 잠깐 한 눈을 파는 사이에 사라져 버리다니, 골치 아픈 일이 발생할 수 있을 것 같은 생각이 든다.

'이미 벌어진 일이다. 상황에 집중하자.'

— 일단 시영후라는 자를 찾아봐.

— 알겠습니다.

스페이스가 시영후를 찾아보는지 잠시 말이 없었다.

— 마스터.

— 찾았어?

— 존재감이 흐릿합니다.

— 혹시, 전에 갔던 그곳으로 간 건가?

— 그렇습니다.

— 본격적으로 움직이기 시작한 모양이군.

— 그곳에서 나오면 곧바로 따라붙은 후 지속적으로 감시를 해줘.

— 알겠습니다.

그렇게 한참을 기다렸지만 움직일 기미가 보이지 않았기에 시영후에 대한 감시는 스페이스에게 맡겨두고 맨션으로 올라갔다.

"어디 갔다가 오는 거야?"

"상황이 어떻게 돌아가는 것인지 파악하고 왔다."

"얼굴 표정을 보니 상당히 심각한 것 같은데 도대체 상황이 어떻지 돌아가고 있는 거야?"

"호장민 부부장이 지구상에서 사라졌다."

"사, 사라져?"

골치 아픈 문제가 산적한 이 시기에 사라질 자가 아니라서 그런지 천화가 의문을 드러냈다.

"연구를 총괄한다고 들었는데 그 일 때문인 것 같다."

"혹시, 지구에 존재하지 않는 거냐?"

"그런 것 같다."

"호장민이 차원을 넘어간 거로군."

"그것보다 국가안전부장인 시영후도 대륙천안에 합류한 것 같다."

"시영후가 갑작스럽게 대륙천안에 합류할 정도면 뭔가 있다는 말인데?"

"대한민국의 국가정보원을 상대하기 위한 작전이 실행이 되고 있는 것 같다."

"그렇다면 뇌격이 시작되었다는 건데……."

"뇌격?"

— 스페이스, 뇌격에 대해 찾아봐.

— 뇌격은 전천후 마도구를 일컫는 것입니다.

천화가 말을 꺼내는 순간 스페이스도 찾아본 모양이다.

— 전천후 마도구?

— 이번에 찾아낸 정보를 살펴보면 다른 차원의 마법을 이용해 지구의 현대 병기를 개량한 마도구로 파악이 됩니다. 재미있는 것은 이번에 마스터께서 얻으신 투사체까지 장착된 전투 슈트라는 것입니다.

— 전투 슈트라면 어떤 종류지?

— 정확히 말씀을 드리면 투사체가 장착된 기갑 슈트라고 할 수 있습니다.

— 그렇군.

— 정보를 전송하겠습니다.

— 그래.

스페이스가 놀라는 것을 보면 상당한 수준의 마도구가 틀림없다.

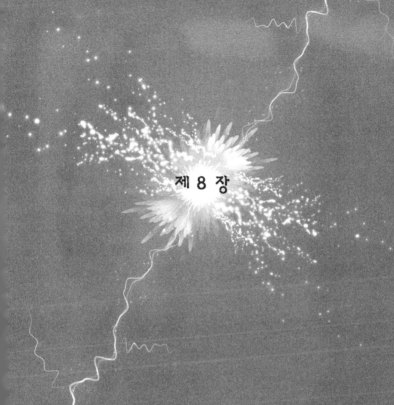

제 8 장

새롭게 얻은 정보의 양이 너무 방대해 전부 살펴보지 못했다.

스페이스를 통해 의식 속으로 흘러 들어오는 정보를 살펴보니 앞으로 주의를 기울여야 할 것 같다.

"뇌격이 뭐지?"

대충은 알았지만 스페이스가 알아낸 것을 확인하기 위해 천화에게 물었다.

"일종의 기갑 슈트라고 생각하면 될 거야. 전투 슈트 형태에서 크게 벗어나지는 않지만 비교할 바가 아니야. 만화영화에서 나오는 로봇처럼 가슴 같은 곳에서 탄환 같은 것도 발사가 돼."

"그런 거라면 위험하겠군."

"설계상으로는 B급이 입으면 거의 S급 진성능력자와 맞먹는 위력을 갖는 무기라고는 하지만, 폐기가 됐었어."

"폐기를 했다고?"

그토록 강력한 것을 폐기했다니 이해가 안 됐다.

"그래, 재료 수급 문제 때문에 지구에서는 만드는 것 자체가 불가능하다는 결론이 나서 그랬어. 총 같은 화약을 사용하는 투사체는 마하의 네 배 정도가 아니라면 배리어나 전투 슈트 같은 것 때문에 진성능력자들에게는 소용이 없기도 했고 말이야."

"그랬군. 하지만 S급에 준하는 능력을 가진다고 하니 다른 차원의 투사체를 사용하면 되지 않을까?"

"그것도 쉽지가 않아. 수천 번에 달하는 시뮬레이션 결과를 보면 다른 차원에서 사용되는 투사체는 만들기도 어렵고, 위력 자체가 낮아서 사장된 거야."

대충 어떤 상황인지 파악이 됐다.

'내가 가지고 있는 시제품에 대한 정보를 빼냈을 확률이 아주 높다. 기갑 슈트라는 것을 만들고 그걸 단다면 정말 위력적일 테니까. 거기다가 마법이 발달한 곳이라면 지구보다는 훨씬 위력적인 것을 만들 수 있을 것이고, 무엇보다 정보를 통제하기도 쉬울 테니. 문제는 어느 차원으로 갔느냐 하는 건데……'

다른 차원으로 넘어간 이상, 내 손을 떠난 상태다.

시영후의 뒤를 쫓아도 되지만 살펴본 바로는 아무래도 쉽지 않을 것 같다.

― 시영후에 대해서 다시 한 번 확인해 봐.

― 시영후의 존재감도 사라졌습니다.

― 역시 그렇군.

내 인지의 범위를 넘어선 곳으로 들어간 후 다른 차원으로 넘어간 것이 분명했다.

'국가안전부의 수뇌부가 사라진 이상 중국 정부에서 조치를 취할 테니 일단 지켜보자. 등정원이 당했으니 대륙천안도 움직이겠지.'

더 이상 손을 쓰거나 알아볼 것이 없는 것 같으니 상황을 지켜보고 난 후 중국을 떠나야 할 것 같다.

"또 이렇게 말이 없다. 뭘 그렇게 생각하는데?"

"아무래도 대륙천안이 본격적으로 움직이려 하는 것 같아서 그래."

"그렇기는 하겠지. 뇌격은 대륙천안에서도 관심을 가졌던 사안이니까. 성공만 한다면 한중전쟁의 치욕을 갚을 것이라고 다들 생각했었으니 말이야. 그런데 이제 어떻게 할 거야? 할 일은 다 끝난 것 같은데."

"이삼 일 지켜보다가 한국으로 돌아갈 거야."

"그럼 나도 준비를 좀 해야겠네. 그 정도 시간이면 어느 정도 능력을 되찾아 변환 능력 정도는 사용할 수 있을 테니 말이야."

"난 작업을 좀 해야 할 것 같으니 그렇게 해. 필요한 것이 있으면 부르고."

"알았어."

천화를 거실에 두고 내 방으로 가서 간편한 옷으로 갈아입은 후 밖으로 나왔다.

'많이 나아졌구나. 한국에 돌아갈 때쯤이면 몸을 완벽하게 통제할 수 있겠군.'

가부좌를 틀고 운기를 하고 있는 천화의 상태를 확인하고 곧바로 사무 공간으로 가서 마도 네트워크에 접속을 했다.

한국으로 돌아가기 위해 준비를 할 시간이었다.

여러 가지 정보들을 검색하고 작전을 펼치기 전에 준비한 것들을 확인했다.

모두가 이상이 없음을 확인하고 난 후, 서태진 등에게 마력 코인을 각각 1,000개씩 보내자 얼마 되지도 않아 잘 받았다는 연락이 메일을 통해서 왔다.

'후우, 이제 한국으로 돌아가서 센터 일을 정리하고 차원통제사가 되는 일만 남은 건가?'

지금까지는 센터를 정리하기 위해 준비를 하는 서브 미션이었다.

한국으로 돌아가게 되면 내게 주어진 사명을 시작할 수 있을 것이다.

다음날, 내가 없는 동안 창투의 운영에 대한 전반적인 사항을 맡게 될 전문 경영인을 선임했다.

하오문주에 부탁해 소개를 받아 선임한 전문경영인은 칭화대학교를 조기 졸업한 미모의 재원이었다.

검은 색의 바지정장을 입어 세련된 커리어 우먼을 연상시키는 그녀의 이름은 유미리다.

하오문주는 감추려고 했지만 유미리는 나를 만나자 마자 자신의 정체를 밝혔다.

심안으로 느낀 그녀의 말이 진심이라는 것을 알았기에 선임을 하는 데 주저하지 않았다.

더군다나 하오문의 총사를 맡고 있으니 거점을 유지하는데 적격인 여자였다.

"앞으로 잘 부탁한다."

"염려하지 마십시오, 태상."

"이 맨션은 당분간 유 총사가 쓰면 될 거야."

적어도 몇 년간은 중국에 올 일이 없기에 유미리에게 맨션을 쓰도록 했다.

엘리베이터는 조정을 다 해놨기에 안가에 대해 알 수도 없고,

보안만큼은 특별하게 신경을 쓴 곳이라 하오문의 일을 보는데
도 문제는 없을 것이다.

"그럼 태상께서는……."

"간혹 북경에 올 일이 있으면 호텔에 머물 생각이야."

"그럼 사용하시던 짐은 어떻게 하실 생각이십니까?"

"내가 별도로 정리를 할 테니까, 그건 신경을 쓰지 않아도 될
거야."

"알겠습니다, 태상."

"연락은 가끔 할 테니까 필요하면 호출하도록 하고."

"알겠습니다, 태상. 그리고……."

"할 말이 있나?"

"건물 운영을 외부에 위탁 주셨는데, 하오문도로 바꿨으면
합니다."

"그런 것은 모두 총사가 알아서 해. 이제부터 창투의 대표이
사는 총사니 말이야."

"알겠습니다."

"이만 가 봐도 돼."

"그럼."

정중히 인사를 하고 맨션을 나가는 그녀를 바라보다가 사무
공간으로 갔다.

"호오, 꽤 능력 있는데?"

차원 통제사

천화가 웃으며 나를 맞는데 휘파람이라도 불 기세다.

나이가 같아 친구처럼 지내자고 했더니 너무 스스럼없는 것 같다.

"뭘?"

"미인에다가 저런 능력 있는 여자를 전문 경영인으로 앉히고 말이야."

"아는 사람에게 소개 받은 거야."

"그러니까 능력 있다고 하지. 2차 각성을 하지 않았는데도 저 정도 능력을 가진 사람은 찾아보기 힘드니 말이야."

천화가 유미리가 가진 능력을 알아본 모양이다.

"신경 끄고, 몸은 좀 어때?"

"베리 굿!"

"자, 여기 신분증과 여권이야."

유미리가 가져온 신분증과 여권을 내밀었다.

"국적은 대만으로 해놨어. 진짜나 마찬가지인 거니까 앞으로 쓰면 될 거야."

"나도 몇 개 가지고 있는데 쓸데없이!"

"대륙천안에 있을 때 만든 신분은 쓸 수가 없을 거야. 그만큼 철두철미한 놈들이니 말이야."

"대륙천안에서도 모르는 거라 사진만 교체하면 다 쓸 수 있어. 성별에 따라 여러 개 만들어 놨으니까 말이야."

"그럼 그건 나중에 써. 지금은 내가 계획한 대로 움직일 때니까 말이야."

"그렇게 하지. 뭐. 나중에라도 쓸모가 있겠지. 그나저나 진짜 얼굴은 언제 보여줄 거야?"

중국으로 들오고 난 뒤 지금까지 주환의 얼굴을 하고 있다.

S급 진성능력자라도 발견하기 힘든 것이지만 동료로 인식을 시키고 한동안 같이 있다 보니 본래 얼굴이 아니라는 것을 알아차린 모양이다.

"그게 뭐가 그리 궁금해. 어차피 한국으로 돌아가면 알게 될 텐데 말이야."

"그렇기는 하지만……."

"이제 밖으로 돌아다닐 수 있을 것 같으니 떠날 준비를 좀 해 둬. 가짜 신분을 대륙천안 몰래 만들 정도면 챙겨야 할 사람이 많을 테니까 말이야."

"지금 상황에서는 별로 할 게 없어. 부족한 자금을 지원해야 하지만 그것도 여의치 않고……."

"자금은 걱정하지 마. 1억 달러 내에서는 언제든지 지원이 가능하니까 말이야."

"저, 정말이야?"

"나중에는 더 지원해 줄 수도 있어. 묘족을 중심으로 조직을 운영하는 것 같은데 나중에 대륙천안에 복수하려면 지금부터 잘 관리를 해둬야 할 거야."

"고마워."

"하하하, 고맙긴! 친군데."

"그런데 정말 정부 요원 맞는 거야? 여기도 그렇고 일개 요원
이 가질 수 있는 자금이 아닌데 말이야."

천화의 말대로 일개 요원이 운용할 만한 자금 수준이 아니니
의문이 드는 것도 당연한 일이다.

"나도 너랑 비슷해. 소속은 대한민국에 있는 정보부서지만
내 개인적으로 움직이는 조직도 따로 있어. 자금은 사업을 해서
만든 것이고."

"그렇구나. 그럼 여기 창투도 개인 사업이야?"

"맞아. 이곳은 대한민국하고는 전혀 상관없어."

"우와! 사업 수완이 대단한데. 그런데 이런 사업은 왜 하는
거야?"

"중국 내에서 제5열이 될 생각도 없어. 내가 사사로이 조직
을 만든 건 나중을 위해서야."

"나중을 위해서라니, 혹시?"

"맞아. 차원통제사가 될 생각이야."

"이제 어느 정도 이해가 가네. 꿈의 각성자라면 능력도 조금
사용할 수 있으니 말이야."

다른 1차 각성자와는 패턴이 달라 궁금했던 모양이다.

내가 자금을 모으는 이유도 대충 짐작을 한 것 같다.

"대충 그렇게 알아둬. 더 이상 알아봐야 머리만 복잡해 질 테니까. 자세한 것은 한국에 들어간 후에 알려 주도록 할게."

"그래. 알았어."

"이제 나가자. 점심을 먹고 난 뒤에 최대한 빨리 마무리를 해라."

천화와의 대화를 마무리하고 밖으로 나갔다.

창투 밖으로 나온 후 같이 점심을 먹고 각자 볼일을 보기 위해 길을 나섰다.

천화는 자신이 비밀리에 이끌던 이들을 만나러 갔고, 나는 천루로 향했다.

경매가 진행된다는 통보가 오지는 않았지만 천루에서 운영하는 암시장에 가기 위해서다.

필요한 것들을 사기 위해서이기도 하지만, 혼원주를 얻었을 때 나에게 천루의 암시장으로 찾아와 달라는 텔레파시를 들었기 때문이기도 하다.

천루에 도착한 나는 문을 열고 안으로 들어갔다.

경매가 있지 않은 날이면 기념품 판매점과 식당을 겸하고 있었는데 안에는 때마침 아리와 내 접대를 담당했던 여인이 안내를 보고 있었다.

"반갑습니다. 또 오셨군요."

"필요한 것들이 있어서 왔습니다."

"잠시만 기다리십시오."

내가 암시장에 가려는 것을 알아차린 것인지 여자가 전화기를 든다.

몇 마디 대화를 나눈 후 미소를 짓는 것을 보니 암시장으로 들어갈 수 있는 것 같다.

"안으로 들어가시면 안내를 맡은 사람이 있을 겁니다. 즐거운 쇼핑 되십시오."

"고맙습니다."

안으로 들어가자 경매를 진행할 때와는 달리 양복을 입은 사람이 서 있었다.

"절 따라오시면 됩니다."

"그러죠."

사나이를 따라 안으로 들어가자 지하로 내려가는 계단이 나왔다.

지하로 내려온 후 세 개의 문을 지나는 동안 사나이는 아무말 없이 안내만 했다.

'대단하군.'

세 개의 문을 지나는 동안 많이 놀랐다.

설치된 보안 장치도 말할 것 없고, 주변에 은신해 있는 진성 능력자의 수준이 내 예상을 훨씬 초과했기 때문이다.

그렇게 다섯 개의 문을 지나자 넓은 공간이 나타났다.

"이걸 쓰십시오."

"이건 뭐지?"

"가면입니다. 신분이 노출될 수도 있어 드리는 가면입니다."

"지금 쓰면 되나?"

"예."

사나이가 주는 가면을 썼다.

눈과 코까지만 가릴 수 있는 가면이었는데 쓰자마자 얼굴에 달라붙는 것이 벗겨질 염려는 없을 것 같다.

"이곳에 계시면 암시장으로 가실 수 있을 겁니다. 그럼, 즐거운 쇼핑이 되시기 바랍니다."

"그러지."

아무것도 없이 텔레포트 마법진이 설치된 공간에 나를 남겨둔 사나이가 인사를 한 후 문을 닫았다.

'뭔지 모르지만……'

은은한 푸른색이 바닥에 감도는 것을 보며 텔레포트 마법진이 작동하기 시작했다는 것을 알았기에 중앙으로 갔다.

― 위험할지도 모르니까 대비를 해둬. 가는 곳이 어디인지 위치도 추적을 해두고.

― 알겠습니다, 마스터.

팟!

시야가 암전되자마자 새로운 공간이 나타났다.

아케이드 형태의 구조물에 상가들이 양쪽으로 들어선 시장 같은 형태의 공간이었다.

상강의 주인들을 제외하고 물건을 사는 사람은 그다지 많지 않았는데, 하나같이 가면을 쓰고 있었다.

'상가들보다는 저기를 먼저 들러야 할 것 같군.'

아케이드 끝에 상과는 다른 형태의 구조물이 있었기에 그곳으로 갔다.

상가를 안내하는 일종의 인포메이션이었다.

안에 있는 직원도 얼굴에 가면을 쓰고 있었다.

"어서 오십시오."

"한 번 들러 달라고 해서 왔는데."

"아! 드디어 오셨군요. 잠시만 기다리십시오."

직원이 인포메이션의 문을 열었다.

"들어오십시오."

"고맙군."

"저기로 해서 2층으로 올라가시면 됩니다."

직원이 가리키는 계단을 통해 2층으로 올라갔다.

이곳 암시장을 관리하는 것으로 보이는 자가 열심히 주판을 튕기고 있었다.

이자 또한 가면을 쓰고 있었는데 나를 발견한 듯 주판을 들고 일어섰다.

"어서 오십시오. 기다리고 있었습니다."

"이미 보고가 들어간 모양이군. 시간이 많이 없으니 나를 이곳으로 초대한 이유를 들었으면 하는데."

"급하시군요. 일단 차를 우릴 테니 자리에 앉으십시오."

"그러지."

내가 자리에 앉자 사나이는 다기가 있는 쪽으로 가서 차를 우려가지고 왔다.

"입에 맞으실지 모르겠지만 용정입니다."

"향이 좋군."

한 모금 입에 머금으니 향기로움이 입안을 맴돈다.

"차가 좋군. 이야기를 시작하지."

"정말 바쁘신 모양이군요."

"암시장에서 사야 할 것이 많아서 바쁘다."

"먼저 혼원주의 주인이 되신 걸 축하드립니다. 이곳에 오시라고 한 것은 드릴 것이 있어서입니다."

"드릴 것이라니, 모를 말이군."

"혼원주에는 짝이 되는 것이 있습니다. 이제 혼원주의 주인이 되셨으니 드리려고 오시라고 한 겁니다."

"준다고 하는 것을 보니 돈을 받을 생각은 없는 것 같군."

"당연한 일입니다. 물건을 보관하고 있기만 한 것이니 진짜

주인에게 돌려드려야지요."

"그래, 그 물건이 뭐지?"

"잠시만 기다리십시오."

사나이는 책상 한쪽을 열어 자근 상자를 꺼내더니 뚜껑을 열고 안의 내용물을 보여주었다.

"바로 이겁니다."

"으음."

안에 들어 있는 문건을 보니 저절로 신음이 나왔다.

공령과 천경!

전투 슈트를 차원 메탈로 복제하며 흡수되듯 몸 안으로 사라져 버린 후 내가 원할 때만 나타나 무기가 되어 주던 것들이 상자 안에 있었다.

'하지만 다르다.'

자세히 살펴보니 내가 가지고 있는 천경과 공령과는 조금 다른 형태다.

공령에 달려 있는 방울의 수는 아홉 개였고, 천경의 색깔도 조금 달랐다.

"흥미로운 물건이군. 그런데 이걸 나에게 그냥 주지는 않을 것 같은데, 원하는 것이 뭐지?"

"원하는 것은 없습니다. 천루의 목적은 인연자에게 유물을 전하는 것이니까요."

"그냥 가져도 된다는 뜻인가?"

"맞습니다."

"좋군. 이제 용무가 끝난 건가?"

"그렇습니다. 그리고 오늘을 기점으로 천루는 폐쇄될 겁니다."

"천루가 폐쇄된다고?"

"예, 정확히 말씀을 드리면 암시장은 남겠지만 유물에 대한 경매는 이루어지지 않을 겁니다."

"그렇군."

"이만 돌아가 보셔도 됩니다."

"암시장에 들러서 물건들을 구입해도 되나?"

"그러셔도 됩니다."

"알았다."

곧장 자리에서 일어나 밖으로 나오며 상자를 아공간에 수납시켰다.

아래층으로 내려오니 나를 위로 안내했던 여자가 보이지 않았다.

'정말 폐쇄할 모양이군. 나랑 상관이 없는 일이니…….'

필요한 물건들을 구입하기 위해서 곧바로 밖으로 나와 상가로 갔다.

상가에 위치한 점포에는 정말 없는 것이 없었다.

에너지 축적에 필요한 영약에서부터 에고가 장착된 무구까지 차원 교류와 관계된 물품이라면 모든 것이 다 있었다.

내가 필요한 것은 한 종류뿐이었기에 그걸 취급하는 점포로 갔다.

밝은 인상의 여주인이 반갑게 나를 맞았다.

"어서 오십시오. 손님!"

"원소석을 구입하고 싶은데, 나온 것이 있습니까?"

원소석은 엘리멘탈 스톤이라고 하는 에너지 스톤인데 정력석과는 성격이 조금 달랐다.

정력석에는 아주 조금이기는 하지만 정령의 의지가 깃들어 있는 속성 에너지가 존재하는 반면, 원소석에는 마치 정제한 듯 순수한 속성 에너지만 들어차 있었다.

정령석이 마나 같은 융합 에너지가 몬스터의 의지와 함께 깃들어 있는 마정석과 비슷하다고 할 수 있다면, 원소석은 순수한 융합 에너지가 들어 있는 마나석과 비슷했다.

"원소석은 얼마나 구입하실 생각인가요?"

"종류별로 다 구입할 생각입니다."

"종류별로 다요?"

여주인이 놀라 묻는다.

"숫자는 상관없습니다. 이 가게에 있는 원소석 전량을 구입하고 싶은데 말이죠."

"우리 가게에는 현재 100개 정도의 원소석이 있습니다. 지금까지 나타난 속성별로 다 있기는 합니다만, 가격이 만만치 않습니다."

"얼마나 합니까?"

"1킬로그램 미스릴 괴, 한 개짜리에서부터 백 개짜리까지 다 있는데……. 어디 보자."

여주인이 열심히 계산기를 두드렸다.

"미스릴 괴로 437킬로그램 정도인데 에누리해서 400개만 내시면 전량 구입하실 수 있습니다."

"일단 보여 주십시오."

"잠시만 기다리십시오."

여주인이 긴장한 듯 안색을 굳히더니 가게 안쪽으로 들어가 작은 상자 하나를 가지고 왔다.

"원소석을 보여 드리기 전에 대금을 먼저 확인해 보고 싶습니다만."

— 소환!

우르르르!

아공간을 열어 소환을 시키자 미스릴 괴가 테이블 위에 쌓였다.

"10킬로그램짜리로 40개입니다."

"잠시만 기다리세요."

여주인이 테이블 위에 자리 잡은 감별기 위로 미스릴 괴 하나를 올려놓았다.

그렇게 40개 전부를 감정한 여주인의 얼굴에 미소가 떠올랐다.

"전부 진짜군요. 죄송합니다. 요즘 가짜를 들고 와서 사기를 치는 놈들이 많아서. 자, 여기 있습니다."

"고맙습니다."

상자를 열어 확인을 해보니 모두 원소석들이었다.

"잘 나가지 않아 마음고생이 심했는데 원소석을 처분할 수 있어 다행입니다. 제가 완판 기념으로 선물을 하나 드리고 싶은데 괜찮겠습니까?"

"감사히 받도록 하겠습니다."

여주인은 테이블 서랍 아래에서 펜던트로 보이는 것을 하나 꺼냈다.

"원소석을 경매에서 사들일 때 그 상자 안에 들어 있던 것입니다. 유물인 것은 같은데 어떤 용도인지 파악이 되지 않았던 거지요. 아무래도 원소석을 사용하는 것과 관계가 있는 것 같습니다. 사실 천루에서 실시하는 경매에 내보낼 생각을 가지고 있었는데 폐쇄가 된다고 연락이 온 마당이라 손님에게 선물하는 것이 좋을 것 같아서 드리는 겁니다."

"고맙습니다."

여주인에게 줄이 달린 펜던트를 받아 목에 걸었다.

"잘 어울리네요."

"그런 가요? 하하하! 필요한 것을 샀으니 이만 가도록 하겠습니다."

"잘 가세요. 원소석이 필요하시면 나중에 또 들러주세요."

"그러죠."

"처음 오셨던 곳으로 가시면 게이트가 열려 있을 테니 밖으로 나가실 수 있을 겁니다."

"알겠습니다."

가게를 나가며 원소석이 든 함을 아공간에 수납한 후 암시장을 나섰다.

인포메이션이 있는 반대쪽에 가보니 여주인이 말한 대로 텔레포트 게이트가 활성화 되어 있었다.

마법진이 발하는 푸른색의 빛에 휩싸여 중앙으로 가니 곧바로 작동을 했다.

팟!

시야가 흐려졌다가 다시 돌아오니 처음 들어왔던 공간이었다.

문을 열고 나가니 안내했던 자가 기다리고 있었다.

"따라오십시오."

"그러지."

사내를 따라 걸으니 통로가 처음 왔을 때와는 달랐다.

'그사이 통로를 바꿨군.'

다른 통로가 아니라 암시장에 가 있는 동안 변한 것이 틀림없었다.

사내를 따라 몇 개의 문을 통과한 후 다시 천루로 올라올 수 있었다.

경매장에서 봤던 여인이 나를 기다리고 있었다.

"용무는 잘 마치셨나요?"

"덕분에 필요한 것들을 잘 샀습니다."

"그럼 이제 밖으로 나가시면 됩니다."

"다음에 또 볼 수 있었으면 좋겠습니다."

"다음에 또 뵙도록 하겠습니다. 안녕히 가십시오."

여인으로부터 귀빈을 대하는 정중한 인사를 받으며 천루 밖으로 나갔다.

'이름을 알면 좋겠지만 물어보는 것은 금기사항이니…….'

경매에 참여할 때도 그렇고, 안내를 맡은 지금도 자신의 본분에 충실해 보여서 이름을 알고 싶었지만 그럴 수가 없었다.

천루에 드나드는 자들이 권력층이다 보니 여직원들을 어떻게 해보려고 하는 자들이 간혹 생겼다.

서로 눈이 맞은 경우에는 그냥 내버려 두지만 강제로 여직원을 취하려 할 경우 천루는 단호하게 응징했다.

대부분 목숨을 잃거나 권력을 잃고 추락하는 자들이 생기면 서부터 여직원들의 이름을 알고자 하는 것이 금기사항이 되어 버렸기 때문이다.

쓸데없는 생각을 지워 버리고 곧장 창투로 갔다.

필요할지도 모르기에 맨션에 있는 짐들을 아공간에 다 집어넣었다.

말끔히 정리된 공간에다가 몇 가지 조치를 취했다.

인식 차단 장치에 새롭게 개발된 결계를 적용시킨 후 혹시라도 있을지 모를 공격에 대비한 배리어를 설치했다.

평소에는 작동하지 않지만 강력한 에너지 유동이 발생하게 되면 곧바로 발동하는 배리어였다.

'이 정도면 빠져나갈 시간은 벌 수 있겠지.'

S급 진성능력자의 공격을 연속해서 세 번 정도 막을 수 있는 것이라 피할 수 있는 시간을 벌어 줄 수 있을 터였다.

'이제 정말 다 끝났군.'

중국을 떠날 준비를 다 마쳤다.

천화가 돌아오면 비공기를 타고 떠나는 일만 남았다.

'어떤지 한 번 살펴볼까?'

기다리기 심심해 아르고스를 발동하니 천화의 주변이 곧바로 인식이 되었다.

'꽤나 실력이 있는 자들이군.'

천화와 마주하고 있는 이들은 모두 세 명이었는데 하나 같이 A급 진성능력자였다.

'천화가 살아 있다는 것이 밝혀져도 문제가 없는 자들인지 모르겠군.'

티엔샤 바이오에서 사라져 버린 천화다.

이미 지하에 있는 비밀 실험실을 조사했을 테니 천화가 사라졌다는 것을 대륙천안에서도 알고 있을 터였다.

마주하고 있는 세 사람 중 누구라도 천화의 존재를 알린다면 큰 문제가 발생할 수 있다는 생각이 들었다.

'으음, 큰 결심을 한 모양이군.'

천화와 마주하고 있는 자들의 눈동자가 몽롱하게 풀리는 것이 보였다.

자신의 수족 같은 자들이지만 만약을 위해 금제를 거는 것이 분명했다.

같은 동족인데도 저런 안전장치를 마련한 것을 보면 꽤난 냉정하게 상황을 판단하는 것 같다.

― 스페이스. 저 정도로 안전할까?

― 지구에서는 최고 수준일지는 몰라도 조금 미흡합니다.

― 미흡해?

― 초월자나 마도학의 경지에 이른 자라면 충분히 파훼할 수 있을 겁니다. 대상자의 생명을 고려하지 않는다면 충분히 정보

를 캐낼 수 있을 겁니다.

― 금제를 강화할 방법은 없나?

― 방법은 있습니다. 바로 시행할까요?

― 여기서도 가능해?

― 다른 존재라면 어렵지만 천화님은 마스터와 의식이 연결되어 있어서 충분히 가능합니다.

― 그렇다면 시행해. 만에 하나라도 알려지면 곤란하니 말이야.

― 예, 마스터.

스페이스가 따로 조치를 취하기 시작했다.

S급 진성능력자인 천화도 자신의 손을 통해 또 다른 금제가 펼쳐지는 것을 모를 만큼 아주 은밀하게 진행이 되었다.

― 금제가 끝났습니다.

― 알았어.

스페이스의 말을 듣고 아르고스를 껐다.

더 이상 지켜보는 것은 천화에게 예의가 아닐 것 같아서다.

'천화가 오면 곧장 비공기를 타러 가자.'

아리와 함께 가지 못하는 것이 아쉽기는 하지만 그동안 많은 일이 있어서인지 대한민국으로 돌아갈 생각을 하니 기분이 설레었다.

천화가 돌아온 것은 세 시간이 지나서였다.

"이제 가자."

"금방 온 사람한테 어딜 가자는 거니?"

상기된 표정으로 멘션으로 올라온 천화에게 한마디 하자 불평이 쏟아진다.

"대한민국으로 간다."

"지금?"

"그래, 지금."

곧바로 엘리베이터를 다시 타야 했지만 천화는 별다른 말을 하지 않았다.

지하로 내려가 차를 타고 팔달령 근처에 있는 창고로 향했다.

창고에 도착하고 나니 날이 어둑해지고 있었다.

보안 장치를 풀고 창고 안으로 들어가자 천화의 눈이 동그랗게 떠졌다.

"이야, 이거 최신형인 것 같은데?"

"현존하는 어떤 탐지기로도 탐지할 수 없는 스텔스 기능을 가지고 있는 기체다."

"정말 대단하다. 이것도 대한민국 것 같지는 않은데?"

"맞아. 개인적으로 장만한 거다."

"정말 알 수 없는 놈이다. 너는."

"어서 타라. 조금 있다가 이륙할 테니."

"그래."

천화와 함께 비공기를 타고 스텔스 기능을 가동시켰다.

외진 곳에 위치해 있지만 만약의 경우를 대비해 창고 주변에 설치된 인식 차단 장치도 가동을 시켰다.

"이제부터 이륙을 할 거다."

"진짜 대한민국으로 가는구나."

"서운하냐?"

"서운하긴. 이제부터 새롭게 살게 됐는데."

"그럼 다행이고. 그럼 간다."

비공기가 천천히 이륙을 했다.

창고 지붕이 열리고 밖에서 보면 투명한 비공기가 소음도 없이 떠올랐다.

그렇게 수직으로 4킬로미터까지 상승한 후 기수를 대한민국으로 튼 후에 가속을 시작했다.

이제 30분 후면 목적지에 도착할 것이다.

사촌형이 기다리고 있는 그리운 그곳에 말이다.

불빛 하나 없는 어두운 바다 위를 지나 스승님이 계신 암자까지 비행은 아주 순조로웠다.

사촌형과 함께 만든 비밀 격납고 건물에 비공기를 착륙시켰다.

"저것도 가지고 있는 거야?"

비행하는 내내 말이 없다가 격납고에 있는 비공정을 본 천화가 입을 열었다.

"필요해서."

"도대체 너 정체가 뭐니?"

전략물자이기는 하지만 비공기를 개인이 가진 경우가 없는 것은 아니었다.

차원 교류를 하는 기업의 수장들인 세계 최상위권 부호들이 몇 대 개인적으로 가지고 있지만, 비공정은 달랐다.

개인은 아예 보유할 수도 없고, 가지고 있는 국가도 몇 나라 되지 않는 것이었기에 천화가 직접적으로 물었다.

"선물로 받은 거니 이상하게 생각할 것 없다."

"서, 선물?"

선물이라니 더 이상하게 생각하는 모양이지만 설명해 줄 생각은 없다.

"이러고 있을 시간이 없다."

"급한 일이라도 생긴 거야?"

"그런 것 같다. 최대한 빨리 날 따라와라."

암자에 변고가 생긴 것 같다.

스킨 패널과 연결이 된 암자의 인식 차단 장치에서 이상이 발생한 것을 보면 사달이 난 것이 분명하기에 곧바로 움직였다.

파파팟!

암자로 가는 가장 빠른 길이기에 격납고 건물 뒤편 산기슭을

치달아 올라갔다.

천화도 속도를 내며 나를 따라오는 중이다.

산등성이를 넘어가자 사촌형을 둘러싸고 공격을 하고 있는 자들이 보였다.

'젠장!!'

심한 부상에도 불구하고 암자에 계신 스승님을 지키기 위해 고군분투하고 있는 형을 보니 눈에 핏발이 솟았다.

퍽!

퍼퍼퍽!

난입하려는 자를 뒤로 돌아 공격한 탓에 뒤를 허용한 형이 등을 고스란히 내줬다.

퍽!

"크윽!"

휘—익!!

엎어지는 신형을 가까스로 세운 후 암자로 간 자를 쓰러트리며 비명을 지르는 형을 보고 달려오던 힘 그대로 뛰어올랐다.

쾅!

"커억!"

허공을 가로질러 한 놈의 허리를 무릎으로 찍었다.

배리어가 파괴되며 척추에 충격을 받은 놈이 피를 토하며 나뒹그라졌다.

죽지는 않겠지만 한 평생 앉아서 지내야 할 거다.

파팟!

갑작스러운 난입에 놀란 자들을 향해 비검을 날렸다.

푸푹!!

이마에 비검을 맞은 자들이 실이 끊어진 인형처럼 무너져 내렸다.

생각 같아서는 죽여서도 시원치 않지만 내 사명을 위해 억지로 참아야 했다.

"헉! 헉! 왔냐."

"어떻게 된 일이야?"

"갑작스럽게 쳐들어 와서 어떤 놈들인지 모르겠다."

"이놈들이 다야?"

"후우, 그런 것 같다."

"스승님은?"

"누워 계신다."

"스승님께서 다치신 거야?"

"아니다. 지병이 도지셨다. 그렇지 않았다면 놈들이 경내에 들어서지도 못했겠지."

스승님의 지병이 도지셨다면 결계가 유지되지 못했을 테니 이곳이 노출되었다는 것을 짐작할 수 있었다.

"스승님은 어떠셔?"

"좋지 않다."

사촌 형이 저렇게 말할 정도면 정말 좋지 않은 것이다.

유물이 가진 자아를 제어하지 못하자 스스로 심맥을 망가트린 스승이다.

이제는 거의 한계에 도달했다고 봐야 했다.

'그래도 한 번 시도해 보자. 스페이스가 알려준 마도학이나 네크로맨시 학파의 마법이라면 방법을 찾을 수도 있을지 모르니까.'

마지막으로 기대를 걸 수 있는 것이 있다는 것이 급해지는 마음을 안정시켰다.

"형은 어때?"

"아직은 괜찮다."

"포션은 있어?"

"남은 게 좀 있다."

"그럼 얼른 먹어. 나는 그동안 결계를 만들 테니까."

"이미 노출이 돼서 막기 힘들 거다."

"그런 것은 걱정하지 말고, 어서 몸이나 추슬러."

"알았다."

성진이 형이 포션을 먹고 운기하기 시작하는 것을 보며 쓰러진 자들을 아공간에 쳐 넣었다.

— 스페이스!

— 예, 마스터.

— 에너지 스톤 중에 최상급 마나석으로 아홉 개만 꺼내.

— 예, 마스터.

아공간에서 나온 에너지 스톤 중 마나석이 손에 쥐여지는 것을 느끼며 곧바로 결계를 보수했다.

최상급 에너지 스톤이라서 결계를 보수한 것뿐만 아니라 강화까지 시킬 수 있어 다행이었다.

'이 정도 강화를 했으면 스승님을 치료하는 동안은 무너지지 않겠지. 형은 아직이구나. 어서 스승님을 뵈어야겠다.'

결계를 다 쳤는데도 형은 아직 운기조식 중이라 곧장 암자로 들어갔다.

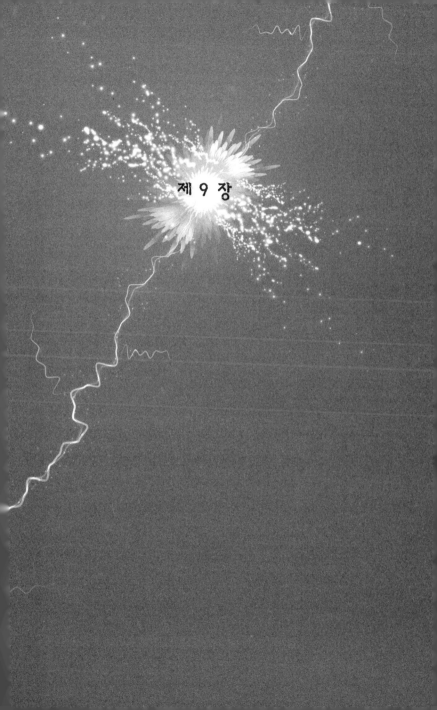

제 9 장

암자 안으로 들어가니 파리한 안색으로 누워 있는 스승님의
모습이 안쓰러웠다.

"젠장!!"

그토록 정정하던 분이 저렇게 누워 계신다는 것이 가슴을 아
프게 했다.

"와, 왔구나."

"예. 제가 왔습니다, 스승님."

"후우, 내가 이리 누워 있으니 안타까운가 보구나."

"그렇습니다, 스승님. 마음이 너무 아픕니다."

"난 괜찮다. 비록 유물의 힘에 잡아먹히고 있다고는 하지만

덕분에 너희 둘을 이렇게 훌륭하게 키워냈으니 말이다."

"스승님!"

"괜찮다고 하지 않더냐."

"죄송하지만 제가 스승님을 한 번 살펴보겠습니다."

"살펴서 뭐 하려고? 나는 됐다. 이제 한계에 다다라 네가 본다고 해도 소용이 없으니 말이다."

"스승님!"

"알았다. 알았어."

마지못해 손을 내미시는 스승님의 가냘픈 팔목을 잡고 스페이스를 호출했다.

─ 스페이스, 스승님께서 회생하실 가능성은 있겠어?

─ 잠시 기다리십시오.

스페이스가 스승님의 몸을 스캔하는 그 잠깐의 시간이 너무도 길었다.

─ 마스터, 죄송합니다.

─ 무슨 소리야?

─ 제가 알고 있는 방법을 다 쓴다고 회생이 불가능한 상태십니다.

─ 사실이냐?

─ 그렇습니다. 마스터의 스승님이라는 분은 아마도 유물로부터 권능 같은 것을 얻고 그 자아에 침식을 당하는 중이었을

겁니다.

— 물론 그랬지만 스승님께서 유물의 자아를 억눌렀다고 들었다.

— 맞습니다. 유물의 자아가 약간은 상관이 있겠지만 그게 원인은 아닙니다.

— 그럼?

— 유물의 자아는 힘을 대부분 잃었지만 생명력이 바닥입니다. 이치에 따라 자연으로 돌아가실 때가 돼서 그런 것이니 저로서도 손을 쓸 방법이 하나도 없습니다.

— 그러니까 이제 수명이 다하셨다는 것이냐?

— 그렇습니다.

— 내가 에너지를 주입해 드리면?

— 그것은 안 될 말씀입니다. 생명력이 바닥이라 반발력을 감당할 수 없을 겁니다. 그렇게 한다면 오히려 그나마 남아 있는 생명을 단축시킬 겁니다.

— 젠장!!

할 수 있는 방법이 없다는 스페이스에 대답에 어떻게 할지 갈피를 잡지 못했다.

스승님께서 하늘로부터 부여받은 수명이 다한 것이라고 하니 말이다.

"뜻대로 되지 않는 모양이구나. 성찬아! 내 말하지 않았느냐?

나는 괜찮다고 말이다. 본시 예전에 천수를 다해야 할 몸이 유물을 얻어 삶을 연장하고, 너희들을 이렇게 키워 냈으니 이만하면 족한 삶이다."

"크으, 그런 말씀 하지 마십시오."

"허허, 녀석! 이제 와 말하지만 네 녀석이 왔을 때 내 나이가 이미 백수를 넘어선 지 오래였다. 세상이 변하고 유물을 얻은 후 이렇게 살아온 것도 어찌 보면 순리를 역행하는 것이었다. 그러니 너무 슬퍼하지 마라. 네가 그러면 내가 어찌 가누!"

"크흐흑."

"마음에 너무 담지 마라. 제자들에게서 받은 효도로도 내게는 삶을 살아가는 충분한 보상이었으니 말이다."

"크으, 식사는 하셨어요?"

"허허허, 이 몸으로 말이냐? 게다가 성진이 녀석이 만드는 음식은 사람이 먹을 게 아니지 않느냐?"

"그럼 얼마나 못 드신 거예요?"

"한, 사나흘 됐나?"

"잠시 기다리세요. 금방 죽 끓여 올게요."

"알았다. 오랜만에 대제자가 끓여주는 죽을 다 먹어보겠구나. 그럼 나는 누워 있으마."

천천히 몸을 눕히는 스승님을 도와드리고 암자를 나왔다.

─ 스페이스, 스승님께서 얼마나 버티실 것 같아?

— 조섭을 잘 한다면 한 해 정도는 더 사실 수 있을 것 같습니다. 하지만 생에 대한 집착이 약해 언제 죽음을 맞이해도 이상하지 않은 상태입니다.

— 알았다.

잘하면 1년은 더 사실 수 있다고 하니 아직은 이승에 더 계시게 해야 할 것 같다.

아직도 운기조식을 하고 있는 형을 두고 암자 뒤에 있는 부엌으로 갔다.

창고로 쓰던 것을 부엌으로 개조한 것이었는데, 추억이 참 많은 곳이다.

"아예 인스턴트 식품으로 쌓아 놨구나."

라면으로 끓여도 면이 불어터져 맛을 버릴 정도로 성진이 형은 음식을 참 못 만든다.

몸이 좋지 않으신 스승님의 수발을 들기 위해 선반에 인스턴트 식품을 쟁여 놓은 것이 보인다.

쌀독을 뒤져 보니 바닥이 보이지만 죽을 끓일 정도는 쌀이 있었다.

'이거면 되겠다. 어디 보자? 따로 챙겨 놓은 것이 있을 텐데 말이야.'

쟁여 놓은 인스턴트식품을 뒤졌다.

암자에 전기가 들어오지 않는 탓에 냉장고가 없어 고기 같은 것은 사냥을 생각을 하지 못한다.

거기다 불가와 인연이 깊은 스승님은 라면 같은 것은 용인하지만 고기는 아예 입에 대시지 않아 사둘 수도 없다.

'그렇지만 고기를 좋아하는 성진이 형이라면 틀림없이 육포 같은 것을 만들어 놨을 것이다. 역시 있군.'

라면을 쌓아둔 뒤편에서 육포를 발견했다.

스님이 육식을 아예 하지 않는 것은 아니다.

생명이 위급할 때는 육식이 허용되는 터라 육포와 쌀을 이용해 죽을 끓일 생각이다.

쌀을 물에 불리고 육포를 잘게 찢어 죽을 끓였다.

소금으로만 간을 해서 고기의 풍미를 살린 후 암자로 들어갔다.

"스승님, 좀 드십시오."

"그래."

죽을 내려놓고 몸을 일으키는 스승님을 도왔다.

수저로 죽을 조금 떠 식힌 후에 스승님 입에 넣어드렸다.

'어려서부터 아버지대신 걷어주고 먹여주신 스승님께 이렇게 죽을 먹여 드리다니……'

부모님 다음으로 세상에서 제일 큰 은혜를 입은 분이다.

이렇게나마 효도를 다할 수 있어 다행이지만 이럴 날이 얼마나 남았을지 마음이 아프기도 하다.

스승님께서는 거부하지 않으시고 끓여 온 죽을 천천히 다 드셨다.

"이제 그만 눕고 싶구나."

"예, 스승님. 좀 쉬십시오. 저는 암자를 좀 돌보겠습니다."

"성취를 얻은 것 같지만 쉽지는 않을 게다."

"걱정하지 마십시오. 제법 쓸 만하니 말입니다."

"자신이 없으면 말도 꺼내지 않는 네가 그런 말을 하다니, 도대체 이번 길에서 무엇을 얻은 것이냐?"

"스승님, 최근에 중국에 가서 수련 도중에 삼환제령인을 통해 3단계에 도달했습니다."

"하하하! 축하한다. 네가 그 경지에 도달하다니, 하늘이 보살피셨구나."

"하지만 아직 완벽한 것은 압니다. 스승님께서 계시지 않으면 저 혼자서는 완성을 할 수 없습니다. 그러니 기운을 차리시고 지켜봐 주셔야 합니다."

"전과 달라 보인다고 생각했더니 그런 성취가 있었구나. 하지만 내가 이래서……."

"다른 것은 다 필요 없습니다. 스승님께서는 그냥 옆에서 지켜보시기만 해도 됩니다."

"그래, 알았다. 제자 녀석 때문에 해탈하기도 힘이 드는구나. 언제 갈지는 모르지만 떠나는 날까지는 어떻게든지 목숨 줄을 붙잡고 있도록 하마."

"감사합니다, 스승님."

"이만 나가 보아라. 동요가 일어서 그런 지 더 힘들구나."

"예, 스승님."

스승님을 눕혀드리고 암자 밖으로 나서니 형은 아직도 운기를 하고 있는 중이다.

'말을 하지 않았지만 꽤 깊은 내상을 입은 것 같구나.'

평상시 같으면 벌써 죽을 달라고 할 형이 잠자코 운기에만 매달리는 것을 보니 이번 침입을 막아내느라 힘이 들었던 것 같다.

― 스페이스, 상태가 어떤지 살펴줘.

― 예, 마스터. 전신 타박상에 간 일부가 손상이 됐지만 빠르게 회복되는 중입니다.

― 회복이 끝날 때까지 얼마나 걸릴 것 같아?

― 지금 상태로 봐서는 하루 정도가 걸릴 것 같습니다.

― 그럼, 에너지 스톤을 사용하면 어떨 것 같아?

― 최상급 마나석의 효율로 본다면 한 시간 후면 원래 상태로 회복이 될 수 있을 겁니다.

― 다행이군. 지금 넘쳐 나는 것이 마나석이니까.

대륙천안인지 중국 정부인지는 모르지만 꿍쳐 놓은 것을 전부 털어 온 터라 부담이 될 것이 하나도 없었다.

─ 형! 운기조식을 하고 있으니 그냥 내 말 잘 들어. 지금부터 내가 뭐를 좀 하려고 해. 차츰 기가 밀집되다가 지속적으로 엄청난 양의 기가 주변에 퍼질 거야. 먼저 몸을 회복하는 데 주력하고, 그다음에는 주변에 퍼진 기운을 전부 흡수하도록 해. 내가 그만하라고 할 때까지 말이야.

텔레파시도 사용하지 못하는 형이기에 일방적으로 말을 전하고 주변에 스페이스의 도움을 받아 다른 차원인 브리턴에서 마나라고 부르는 에너지를 집적시키는 마법진을 만들었다.

형을 중심으로 이중 원형의 테두리를 만든 후 그 테두리 안에다가 마법의 언어라는 룬어를 새기고 최상급 마나석을 박아 넣었다.

그렇게 마나집적진이라 부르는 마법진을 만든 후 형에게 텔레파시를 보냈다.

─ 이제 슬슬 주변에 마나라 부르는 에너지가 흐르기 시작할 거야. 준비하도록 해. 자! 시작한다.

마법진의 시동 장치라고 할 수 있는 마지막 마나석을 박아 넣고 의지를 일으켜 활성화시켰다.

원형의 테두리에서 빛이 흘러나와 허리 높이 정도로 솟아오르더니 형을 중심으로 천천히 회전하기 시작했다.

허공에 뜬 푸르스름한 빛의 입자들이 기운이 마치 안개처럼 형에게로 흘러 들어가기 시작했다.

전신을 감싸는 빛의 입자들이 조금씩 흡수되기 시작하자 형의 안색이 점점 좋아지기 시작했다.

— 이제 어느 정도 회복이 된 것 같으니 본격적으로 시작할 거야. 그러니 최대한 많이 흡수할 수 있도록 해.

아공간에서 에너지 스톤 중 마나석을 꺼내 들었다.

슈슈슈슛!

허공에 위치한 빛의 입자들 사이로 마나석을 던졌다.

파파파파파팟!

최상급 마나석이 자루처럼 흩어지며 빛의 입자가 되더니 형에게로 흘러 들어갔다.

계속해서 최상급 마나석을 던져 넣은 덕분인지 마법진 안쪽이 마치 푸른빛의 원천 같은 모습으로 변해 버렸다.

푸른 광채에 휩싸여서 형의 모습이 보이지 않았다.

"아차!"

일을 급하게 처리하느라고 천화의 존재를 까먹고 결계를 쳐 버렸다.

S급 능력자라고는 하지만 암자 주변에 친 결계를 뚫고 들어올 수는 없다.

이곳에 설치된 결계를 움직이는 의지가 결코 허락하지 않으니 말이다.

지금 결계 밖에서 애가 타고 있을 테니 데리고 들어와야 할 것 같다.

"욕이나 먹지 않으면 다행이겠군."

곧바로 결계 쪽으로 다가가 틈을 열어 밖으로 나갔다.

"여기 있어야 할 텐데? 이런!"

천화가 보이지 않아 의아한 것도 잠시였다.

멀리서 싸우는 소리가 들려오고 있으니 말이다.

파팟!

곧바로 내달렸다.

내가 달려온 방향이 아닌 것을 보면 천화가 유인을 한 것 같다.

'가지고 있는 능력을 다 발휘하지 못한다고 해도 S급 진성능력자를 상대로 몰아붙이는 자들이라니…….'

들려오는 소리로 볼 때 다수가 천화를 공격하고 있는 모양이다.

'A급 진성능력자 100명과 붙어도 절대 지지 않는 것이 S급이다. 이 정도라면 경계에 선 자들이 온 것이 분명하다.'

천화는 예상한 대로 거의 S급에 다다른 다섯 명과 싸우고 있는 중이었다.

콰콰쾅!

퍼퍼퍼퍼펑!

여섯의 공방으로 인해 산이 뒤집히고 있었다.

'천화가 전투에 특화된 능력을 가지고 있지 않다고는 하지만 저 정도로 몰아붙이다니 대단한 자들이다. 더군다나 저런 합격진을 하나의 유기체처럼 구사하는 것을 보면 보통 조직이 아니다.'

오행을 기반으로 형성된 합격진은 천화와 공방으로 주고받는 동료에게 힘을 빌려주는 차력의 묘용까지 있어 보였기에 급하게 움직였다.

피—피피핑!

초월에 다다른 자들이라 뇌를 직접 장악하는 방법은 쓸 수 없기에 합격진을 흩어 놓기 위해 비검을 날렸다.

일부러 파공음을 낸 탓에 메뚜기가 튀어 오르듯 비검을 피해 다섯 명의 적들이 사방으로 흩어졌다.

"후우, 늦었다."

"미안!"

결계가 완성되고 난 뒤 들어오지 못한 천화가 적들을 유인한 것이 분명하기에 정말로 미안했다.

"괜찮다. 저놈들은 네가 결계를 완성하고 얼마 지나지 않아 나타났다. 싸우기 싫어 이리저리 끌고 다니기는 했지만 결계 쪽으로 가려하기에 어쩔 수 없이 싸워야 했다."

"그랬군. 정말 미안하다."

"아니다. 네가 그곳을 정리하는 동안 시간을 버는 것뿐이었으니. 전력을 다한다면 상대하지 못할 자들도 아니고."

"그럼 바로 처리를 해야겠군. 어디서 온 자들인지도 알아봐야 할 것 같고 말이야."

"좀 쉴 테니 네가 상대해 봐라. 상당히 강한 자들이니 네가 성장하는 데 많은 도움이 될 것이다."

본래라면 2차 각성을 하지 않은 나에게 초월의 영역에 발을 들이기 직전이 자들을 상대하라는 말은 죽으라는 소리나 다름없다.

하지만 의식을 교류한 천화는 내가 가진 실력에 대해 어렴풋이 알고 있는 모양이다.

대놓고 저자들을 혼자서 상대하라고 하다니 말이다.

행동으로 보이려는 듯 천화가 뒤로 물러서고 놈들이 날개를 펴듯 나를 향해 반원을 그리며 선다.

'하라면 못할 것도 없지.'

스르르르!

생각이 일자 전투 슈트가 전신에 떠오른다.

내 몸 위로 갑작스럽게 나타난 전투 슈트 때문인지 얼굴이 보이지 않지만 적들이 흠칫하는 것이 느껴진다.

세 군데 퍼진 마나 엔진을 풀로 가동했다.

진성능력자도 아닌 내가 저들을 상대하려면 전력을 다해야 하니 말이다.

사사삭!

S급 진성능력자가 있는 마당이라 놈들은 도주할 꿈도 꾸지 못한다.

등을 보이는 순간 끝이라는 것을 잘 알고 있으니 말이다.

사사삭!

천화가 멀찌감치 물러서자 어느새 포위망을 구축한다.

천화를 공격할 때처럼 원형을 그리는 것이 아니라 반원을 그리는 모습이다.

'생각 외군. 일대일뿐만이 아니라 다수도 상대할 수 있는 진형이었구나.'

제대로 된 위력을 발휘하지 못하겠지만 나름 진형을 꾸미고 있다.

'천화를 경계하면서 나를 상대할 진형을 순식간에 꾸미는 것을 보면 노련한 자들이다. 그나마 저런 방법이 가능성이 제일 높기는 하지.'

진형을 구축하고 있는 것만이 그나마 살아날 가능성이 높다는 것을 알아차린 듯하다.

― 스페이스, 최대 출력을 내야 할 것 같다.

― 준비 중입니다.

나는 진성능력자가 아니다.

그래도 저들과의 전투가 가능하다.

새롭게 진화한 전투 슈트를 입고 있어서 그렇다.

마나 엔진이 힘차게 돌아가며 에너지를 뿜어낸 탓인지 전투 슈트에 열기가 피어오른다.

한 사람만을 위한 합격진인 탓에 주된 공방의 대상을 향해 나머지는 자신이 가진 에너지의 반 정도를 보내는 터라 그들이 취약하다고 생각하겠지만, 그것은 틀린 생각이다.

내려오면서 관찰한 바로는 나와 공방을 벌이게 될 자가 가장 단단하지만 가장 취약한 곳이다.

그가 깨지게 된다면 이어진 에너지 흐름 때문에 나머지는 알아서 무너질 것이다.

쾅!

파―앗!!

진각을 밟으며 놈들이 진형을 이루는 축으로 쇄도했다.

콰콰콰쾅!!

나를 맞이하러 나온 자가 주먹과 발을 내뻗으며 공격에 맞서자, 양옆에 있는 자들이 급격히 기동하며 내 뒤를 잡으려 움직였다.

나머지 둘은 곧장 진격하며 주된 공격자를 보조하는 역할을 하는 듯하더니, 산개하며 내 뒤를 막아선다.

천화의 공세를 견제하는 것과 아울러 태세의 전환을 노리는 한 수지만 별로 상관하지 않는다.

진의 중심이 되는 자를 단번에 박살을 낼 터이니 말이다.

지금처럼!

꽝!!

배리어로 몸을 감싼 채 나를 맞이하는 자를 향해 주먹을 내지르자 폭음이 대기를 갈랐다.

"커억!!"

단 한 방이지만 세 개의 마나 엔진에서 흘러나오는 유형화된 에너지가 순차적으로 공격을 해댄 탓인지 배리어가 깨지고 놈은 비명을 지르며 뒤로 날아갔다.

파팟!

가장 강한 부분이 깨져 나가며 진의 축이 흔들리자 당혹해 하는 놈들을 향해 몸을 움직였다.

퍼퍼퍼퍼퍽!

빡!

파팟!

우선 한 놈에게 공간을 접어 순식간에 다가가 상체 부위를 골고루 타격하고 마지막으로 머리에 정권을 먹였다.

"커억!"

휘익!

파파파팍!

빡!

비명을 지르며 쓰러지는 동료를 보며 나를 향해 달려드는 놈의 옆으로 돌아 옆구리에 타격을 가한 후 마찬가지로 머리에 주먹을 선사했다.

파파팟!

연이어 공격을 당한 탓에 제대로 반격조차 하지 못하고 두 놈이 쓰러지는 것을 본 후 곧바로 신형을 돌려 다른 놈들에게 쇄도했다.

챙!!

그야말로 눈 깜짝할 사이에 동료들을 쓰러트리고 자신들을 향해 달려들자 놈들이 무기를 꺼내 들었다.

더 이상 합격진이 소용이 없음을 깨달은 모양이다.

티티티티팅!

연이는 칼질을 양손으로 쳐내며 놈들과의 거리를 좁혔다.

쿵!

우직!

한 놈의 가슴을 어깨로 받아버렸다.

갈비뼈가 있는 부분이 움푹 들어가는 것을 본 후에 다른 놈을 향해 다리를 휘돌렸다.

퍼퍼퍽!

휘도는 내 발에 안면을 정확히 세 번 강타당한 놈이 비틀거리며 물러난다.

사삭!

퍼퍼퍽!

균형을 잡느라 가슴이 열리는 것을 확인하고 연이어 주먹을 꽂아 넣었다.

신체를 통제할 수 없을 정도로 타격을 입힌 탓에 바닥에 나동 그라졌다.

"후우~!"

짝! 짝! 짝!

"와우! 대단한데!!"

천화가 박수를 치며 놀란 눈빛으로 바라본다.

"괜찮아?"

"사실 무리하기는 했지."

"어서 몸을 추슬러."

"알았다."

굳이 그럴 필요는 없지만 천화가 주변을 경계하는 사이 스페이스가 아공간에서 꺼내주는 마나석을 이용해 마나 엔진을 충전시켰다.

그저 근접 전투에 불과한 것 같지만 손길 하나, 발길 하나에 막대한 에너지가 담겨 있었다.

한계까지 돌리느라 에너지가 거의 바닥에 가까운 마나 엔진에 마나석이 공급되기 시작하자 몸이 회복되기 시작했다.

— 마스터께서 에너지 흡수해 동화시키는 것으로 볼 때 마나석 말고 다른 에너지 스톤도 활용하셨으면 합니다.

마나 엔진을 이용해 운기조식을 하는 사이 스페이스가 건의를 해왔다.

— 왜?

— 마스터께서는 지금 아홉 개의 의식을 세 개의 단위로 묶어 사용하고 계십니다. 각자 다른 에너지를 사용해서 큰 문제가 없을 것 같아 드리는 말씀입니다.

— 그러니까 마나 엔진이 세 개의 파트로 나누어져 있으니 마정석과 정령석, 그리고 마나석을 개별적으로 활용하는 고유 엔진으로 만들고 통합 의식이 주관하되 내가 가진 단위 의식으로 각자 다루도록 하자는 말이구나?

— 그렇습니다. 대차원에 속한 차원들을 여행하실 때 도움이 되실 것입니다.

— 지금은 곤란하고 여기 결계를 안정시키고 나면 그때 생각해 보자. 아직 위험이 가신 것은 아니니까. 그 대신 넌 어떻게 분리할 것인지, 그리고 어떻게 자유자재로 연계할 수 있을지 생각을 좀 해둬. 앞날을 생각해 나도 생각을 해볼 테니까 말이야.

— 알겠습니다. 마스터.

나쁘지 않은 제안이다.

나도 새로운 단계로 접어들면서 생각을 해온 것이니 말

이다.

스페이스가 가진 방대한 마도학 지식과 흔들리지 않는 냉철한 의식이라면 객관적으로 검토하고 가장 적합한 방안을 찾아낼 수 있을 것이다.

'전보다 커졌군. 살아 있는 생명체도 되는 건가?'

스페이스를 통해 아공간을 통해서 마나 엔진에 공급된 최상급 마나석은 각각 100개가 넘는다.

몸을 회복시키는 것은 물론 마나 엔진의 에너지 수용한도가 대폭적으로 늘었다.

그동안 전투 슈트를 그저 장비에 불과하다고 생각했는데 수정을 해야 할 것 같다.

일개 장비라면 거의 두 배 가까이 커질 리 없으니 말이다.

진성능력자는 아님에도 내가 수용할 수 있는 에너지의 총량도 어마어마하게 늘었다.

마나 엔진, 아니, 이제는 그렇게 부를 수도 없는 그것 때문인지는 몰라도 총량이 세 배는 늘은 것 같다.

거의 A급 진성능력자를 넘어서 초월이 영역이라는 S급에 달하는 힘을 발휘할 수 있게 되었으니 말이다.

'이제는 갈무리해야겠군.'

얼마 지나지 않아 신체와 마나 엔진의 에너지 유동이 완전히 안정화를 찾았다.

10분도 되지 않는 짧은 시간이었지만 전보다 더 나은 상태로 운기조식을 마칠 수 있었다.

"벌써 끝냈어?"

"몸은 완전히 회복이 됐어. 그나저나 이자들이 왜 쳐들어 왔는지 알아봐야 할 것 같아."

"결계 안은 안 될 것 같은데, 저자들을 심문할 만한 장소는 있어?"

"비공정이 있는 곳 지하에 공간이 있어."

"그럼 그리로 가자. 그런데 저자들은 어떻게 데리고 가야 할지 모르겠네?"

"잠시 기다려."

스르르……

쓰러진 자들을 아공간에 쳐 넣고 곧바로 비공정이 있는 곳으로 갔다.

비공정을 보관하고 있는 곳 지하에는 장비를 넣어두는 지하 창고가 있었는데, 심문을 행하기에는 아주 좋은 장소였다.

도착한 후 창고 지하로 내려가서 아공간에 담아 두었던 자들을 꺼냈다.

"크으윽!"

"으윽!"

기절했던 자들도 깨어나 있었는지 다들 신음을 흘리며 꿈틀

거란다.

보통 타격이라면 몰라도 내부로 침투한 내 에너지가 장기를 옥죄고 있을 테니 꽤나 고통스러운 것이다.

"도주할 우려도 있고 하니 일단 이자들의 전투 슈트를 벗겨야 할 필요가 있겠어."

"그럼 나가 있어. 내가 벗길 테니까."

"괜찮아. 한두 번 하는 일도 아닌데."

"그래, 알았다."

천화가 쓰러진 자들에게 다가가 능숙하게 전투 슈트를 벗겼다.

거침없는 모습을 보니 여성스럽게 생겼으면서도 하는 짓은 남자 못지않다.

나도 서둘러 놈들의 전투 슈트를 벗겼다.

남자들이 신음을 흘리며 속옷 차림으로 누워 있는 모습이 보기 좋은 광경은 아니지만 천화는 눈 하나 깜짝하지 않고 의자를 가져와 한 사람씩 앉히고 묶었다.

부상을 입고 사지를 구속했다고는 하지만 그 정도로 될까 싶었는데 천화가 아공간에서 뭔가를 꺼내 들었다.

"그게 뭐지?"

"구속구야. 에너지가 움직이거나, 다른 생각을 품게 되면 그 즉시 작동해 구속자의 목을 잘라 버리고 폭발하지. 물론 풀려고 해도 마찬가지고."

천화는 목걸이 형태로 되어 있는 구속구를 의자에 묶인 자들의 목에 채웠다.

"잘 들어! 한 번뿐인 인생 끝장나고 싶지 않으면!"

천화가 한국 말로 의자에 묶인 자들에게 말했다.

"너희들이 목에 차고 있는 그건 그냥 구속구가 아니야. 특별히 S급 진성능력자들을 상정하고 만든 것이니 말이야. 허튼짓 했다가는 모두 목 없는 시신이 될 거야."

"그럴 리가!"

"믿지 못하면 시험을 해 보던가?"

반문했던 자가 고개를 숙였다.

S급 진성능력자가 가지는 말의 무게에 대해 아는 까닭에 거짓이 아니라는 것을 안 것이다.

"이제부터 묻는 말에 대답을 해야 할 거야. 물론, 비밀 서약의 맹세를 했겠지만, 말하지 않으면 못 배길 거야. 이제부터 너희들은 죽음이 유일한 탈출구가 될 테니까."

천화의 말은 거짓이 아니다.

그녀의 능력이라면 죽기 바로 직전까지 고통으로 몰아넣었다가 다시 회복시키고, 다시 고통으로 몰아넣는 것이 가능하니 말이다.

"당신은 밖으로 나가 있어. 그다지 보기 좋은 꼴은 아닐 테니까 말이야."

"알았다."

고문을 해보지 않은 것도 아니고, 나 또한 고문에 대처하는 훈련을 한 사람이라 보지 못할 일은 아니다.

그렇지만 그녀의 치부가 될 수도 있는 일이기에 천화의 제의에 밖으로 나갔다.

그렇다고 손을 마냥 놓고 있는 것은 아니다.

이미 아르고스의 눈이 가동 중이라 안에서 벌어지는 상황을 실시간으로 체크하는 중이었다.

❖　　　❖　　　❖

아직 회복이 다 되지 않은 터라 A급 진성능력자에게 밀린 것에 자존심이 상했던 천화였다.

말을 하지는 않았지만 성찬이 오지 않았다면 무슨 일을 겪었을지 모르기에 기분이 나쁘기도 했다.

고대로부터 전해진 고문술의 한 가지인 분근착골을 시전하기로 했다.

근육과 뼈가 뒤틀리는 고통이 지속적으로 반복되어 정신을 황폐화시키는 수법으로, 반복해서 한다면 정체를 파악할 수 있을 터였다.

천화는 자신에게 반문했던 자에게 다가가 그의 손목을 쥐고 에너지를 주입했다.

"끄아아아아악!"

고문을 받는 자가 고통스러운 비명을 처절하게 질렀다.

눈이 더할 나위 없이 커진 것은 물론이고, 핏줄이 징그럽게 부풀어 올랐다.

"한 단계 더 높아질 거야."

천화가 다시 에너지를 주입했다.

"꺼어어억!"

고통 때문인지 몸에서 경련이 일어났다.

천화는 질문을 하지 않으면서 무표정한 모습으로 고문은 반복적으로 지속했다.

처절한 비명 소리가 지하에 울릴 때마다 옆 묶인 자들이 몸을 떨었다.

기절할 때까지 30분간 고문이 지속이 됐다.

"자, 이제 깨어날 때까지 기다리기로 하고. 이제는 다른 사람 차례인데, 누가 자원할 생각 없나?"

천화의 물음에 다들 시선을 피했다.

"이런, 이런. 그러면 쓰나. 맨 처음 내 손길을 받은 자가 너희들의 우두머리인 것 같은데 수하들이 이래서야. 좋아, 내 마음대로 하지."

천화는 더 이상 묻지 않고, 묶여 있는 자들 중에 맨 끝에 있는 자에게로 갔다.

"좋아. 두 번째는 당신이 좋겠어. 조금 오래 견딜 것 같으니 말이야."

천화는 말이 끝나기 무섭게 에너지를 주입했다.

"끄아아악!"

이번에도 역시나 처절한 비명을 지르며 몸을 비틀었다.

두 번째 자 또한 기절을 할 때까지 지속적으로 고문을 받았다.

천화는 즉시 손을 놓고, 처음 기절했다가 깨어난 자에게로 향했다.

그리고 다시 에너지를 주입했다.

"크아아아악!"

처음 겪었을 때보다 거의 두 배에 가까운 고통에 비명을 지르며 머리를 마구 휘저었다.

또다시 반복되는 고문을 하면서도 천화는 일체 묻지를 않았다.

천화는 다섯 사람에게 번갈아 고문을 했다.

기절을 하면 아직 고문을 받지 않은 사람을 시작하면서 반복을 해댔다.

뭐든지 물어보라고 했지만 천화는 성이 차지 않는지 말없이 고문만 해 댔다.

"크으으, 말하겠소. 뭐든지, 뭐든지 물어보시오."

"그래?"

그렇게 다섯 바퀴 순번이 돌아간 후에 드디어 천화가 입을 열었다.

"좋아! 누가 너희들을 보낸 거지?"

"의뢰를 받았지만 누구인지는 모르오."

"용병인가?"

"아니, 해결사요."

"그럼 죽음을 전제로 한 맹세가 아니라, 마법으로 비밀 엄수의 계약을 한 것이로군."

"그렇소."

"그럼 미리 말하지 그랬어, 마법으로 걸린 계약쯤이야 나도 해제할 수 있는데 말이야."

"그, 그건 당신이……."

말하겠다고 해는 데도 불구하고 고문만 계속한 천화를 보며 뭐라고 하려하더니 곧바로 말을 흐린다.

"일단 계약을 해지해 주지."

천화는 마법을 사용할 수 없는 사람이다.

그렇지만 저들에게 걸린 계약을 해지할 수 있는 것은 에너지의 흐름을 풀어내고, 흩어지게 하는데 탁월한 능력을 가지고 있기 때문이다.

천화는 묶여 있는 자들의 이마에 손을 얹고 마법으로 그들에게 얽혀 있는 에너지의 흐름을 풀어냈다.

"자, 이제 너희들에게 얽혀 있는 계약은 해제를 했다. 해결사라고 했는데, 너희에게 의뢰를 한 자가 누구인지 알고 있나?"

"그건 모르오. 암자에 있는 스님 한 분을 데리고 오는 의뢰와 함께 마법 스크롤이 왔소. 계약 스크롤에는 비밀 엄수 조항과 함께 수락을 하는 즉시 각자 십억 원이 지급되고, 지급되지 않는다면 무효로 한다고 적혀 있었고, 우리는 받아들였을 뿐이라 누가 의뢰를 했는지 전혀 모르오."

"사실인 것 같군."

"사, 사실이오."

"좋아. 사실대로 말해 줘서 고맙군. 자, 그럼. 이제부터 너희들을 어떻게 처리해야 할까?"

"사, 살려주시오."

"왜 살려줘야 하지?"

"우리는 보기보다는 쓸모가 많소. 살려 준다면 그대를 위해 일을 하겠소."

"유물 능력자가 나에게 쓸모가 있을까?"

"해결사 일을 오래한 터라 보기보다는 쓸모가 많을 것이오. 특히나 당신같이 정보 계통에 있는 사람에게는 말이오. 그러니

살려주시오."

"호오, 나에 대해서 파악을 한 건가?"

"그냥, 알 수 있었을 뿐이오."

고문을 당하면서 천화가 정보 계통에서 아주 오랫동안 일했다는 것을 처절히 느낀 모양이었다.

"그런데도 살려 달라?"

"살려주면 충성을 다하겠소."

"맹세로 할 건가?"

"그렇소. 스스로의 존재를 걸고 맹세하겠소."

정보 계통에서 쓸데없는 인정은 부메랑이 되어 돌아오기에 적에 대해서는 말살이 원칙이다.

의뢰 때문에 비참하게 죽을 바에야 천화가 S급 진성능력자로 굉장한 실력까지 지니고 있는 것 같으니 자신들의 쓸모를 알려주어 의탁을 하는 것이 여러모로 나을 것이라 판단한 것 같다.

"그럼 너희들은?"

천화가 다른 자들을 둘러보며 말했다.

지금까지 천화와 대화를 한 자가 우두머리인 탓인지 모두 고개를 끄덕였다.

"너희들이 유물의 한계까지 밖에는 능력을 쓰지 못하기는 하지만, 쓸모가 아예 없지는 않을 테니 내 밑으로 거두어들이도록 하지."

"고, 고맙습니다. 저는 김중호라고 합니다. 앞으로 잘 부탁드리겠습니다."

"나머지 자들은?"

"저희들도 잘 부탁드립니다!!"

천화의 물음에 네 명이 일제히 대답을 했다.

"좋아. 그럼 이제부터 의뢰를 어떻게 받았는지 한 번 알아볼까?"

"해결사들에게 의뢰를 주는 중계상이 있습니다. 그렇지만 그들도 의뢰주가 누군지는 모를 겁니다."

"중계상도 의뢰주가 누군지 모른다는 건가?"

"그렇습니다. 제가 알기로는 중계상도 마도 네트워크를 통해 익명으로 의뢰를 받고, 해결사와 매칭해 주면 수입을 받는 구조라 의뢰주를 알 수 없다고 합니다."

"알았다. 의뢰주가 누구인지 추적을 할 수 없다지만 너희들이 몸이 다 나으면 그 중계상이라는 자를 한 번 만나봐야겠다. 너희들처럼 잘 하면 쓸모가 있을지 모르겠으니 말이야. 안내를 해줄 수 있겠지?"

"무, 물론입니다."

"좋아. 그럼 몸부터 추스르도록!"

천화가 의자에 묶인 다섯 명을 풀어주는 것을 느끼며 아르고스를 거두어들였다.

'천화가 자신만의 정보 조직을 구축하기 위해 저들을 선택한 것이 틀림없군.'

에너지를 주입해 내부를 진탕시켜 고통만 주었다.

장기나 근골을 상하게 하지 않는 세밀함을 보였다.

묻기만 하면 사실대로 대답을 할 것을 알면서도 계속 고문을 한 것을 보면 자신에게 완전히 복속시키기 위해서 그런 것이 분명하다.

'나쁘지는 않겠군.'

천화의 의도가 나에게 해가 될 것은 없을 것 같았다.

나 또한 정보 조직의 필요성을 느끼고 있었으니 말이다.

센터에서 얻는 정보에도 한계가 있다는 것을 확인한 이상 나만의 정보 조직은 반드시 필요한 일이다.

〈『차원통제사』 제4권에서 계속〉